結界師的一輪華

2

輕文學

Light Literature

目錄

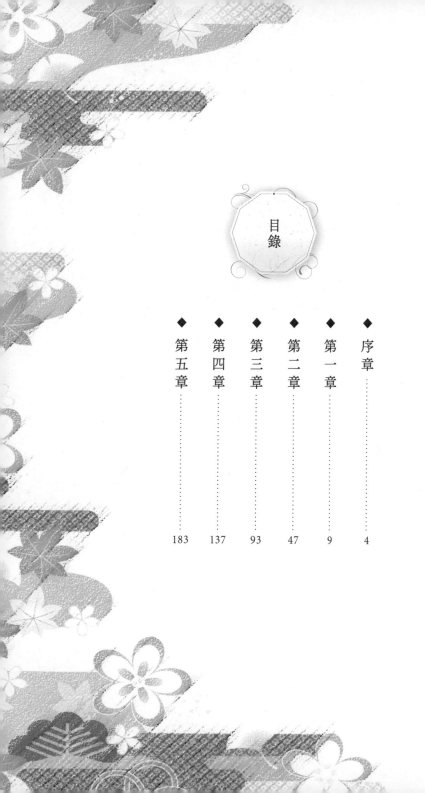

序章

術者協會。

由守護柱石的五大家族創建的協會，在國內有多處分部。

協會總部位於一之宮管轄的地區內，這裡戒備森嚴的程度甚至超越一之宮本家；除了普通人，對未登錄為術者的人來說，是難有機會踏入之地。

在這裡，保管著許多不能公諸於世的咒具。

五大家族分別有各自擅長的領域。

二条院擅長製作咒具等道具。

三光樓擅長防禦。

四之門擅長攻擊。

五葉木擅長詛咒。

順帶一提，一之宮是全方位選手。

雖然統稱為五大家族，但擁有許多強大術者的一之宮家，發言權也比其他家族更強大。

因此，術者協會總部才會設立於一之宮家的管轄區域中，而二条院家製作的危險咒具就保管在總部內。

雖說位於一之宮家管轄內，協會也是五大家族共同成立的。所以協會由五大家族共同管理，而統籌所有分部的總部，擁有比其他地方還更加嚴謹的保全系統。

從「保護二条院製作的咒具」這層意義上來看也特別森嚴，但是……

某天，有入侵者闖入協會總部。

無可知曉來者是如何突破嚴密的保全。

儘管如此，警告有外人入侵的警報聲在總部內警鈴大作，總部內的術者東奔西跑地尋找入侵者。

「在哪！到底上哪去了？」

「監視錄影器怎樣了？」

「趕緊關閉出入口！」

「先去確認機密保管倉庫！」

在一片響亮怒聲中，術者們朝總部中最重要的保管倉庫奔跑。

但當多名術者抵達保管倉庫時，發現原本該緊閉的庫門竟然大開。

所有人皆白了一張臉。

入侵者或許還在保管倉庫中，術者請求支援後，邊維持警戒邊確認倉庫內的狀況。

但裡面不見任何可疑人物。

乍看之下以為沒有東西遭竊，但逐一清點後，發現好幾個咒具失蹤了。

最糟糕的是，失蹤的都是被視為特別危險的咒具。

遭竊的皆為特別需要受到謹慎管理的咒具，但保管倉庫中沒有遭翻動的痕跡，彷彿竊賊打一開始就知道目標位置，看也不看其他咒具一眼，只拿走想要的咒具。

「怎麼會有這種事……」

「遭竊的偏偏竟是咒具，這臉丟大了啊。」

「到底是怎麼偷走的？」

匆匆趕來的術者們無法理解情況，只能呆站在原地。

「現在不是做這種事的時候。」

「是啊，得立刻通知五大家的家主！」

「犯人應該還沒有跑遠！投入所有人手，尋找入侵者！」

術者們回過神後，立刻採取各自該做的行動。

但是，最終並沒有找到竊取咒具的入侵者。

此時，調查保管倉庫的一位術者似乎發現了什麼，他拿起來端詳。

那是個畫上某個圖樣的鈕扣。

第一章

一瀨家大宅中最近充斥著緊張氣氛。

這是因為，一瀨家次女華被選為本家一之宮家的家主之妻。

父母從小到大都把華拿來與優秀的雙胞胎姊姊葉月相比，輕蔑地視她為「姊姊的殘渣」、「廢渣」，不願多看她一眼，她卻拋下背負一身期待的葉月，坐上家主之妻的位置。

一瀨家雙親感到無法置信的同時，也對不知何時認識家主的華產生恨意。

最讓他們感到不滿的，是華完全對一瀨家不理不睬。

既然成為家主之妻，就該將其得到的恩惠分享給原生家庭才是，家主之妻明明出自於一瀨家，但一瀨家在分家中的地位仍舊十分低落。

這令雙親無法忍受。

即使前往一之宮本家試圖接觸華，也只能吃閉門羹。

聽說是家主朔下令，禁止他們與華會面。

即使他們憤慨「我們可是華的雙親啊，決定結婚時連插嘴的餘地也沒有，現在甚至見不到面」，仍然無法得到見面機會。

「老公，你寄給華的信怎樣了？」

「連拆也沒拆直接退回來了。」

「什麼！怎麼會這樣！」

「可惡！華那傢伙為什麼會這樣？雙胞胎的葉月可是個聽話的好孩子啊。葉月果然更適合當家主之妻，但偏偏是那個劣等生！」

從小輕蔑華到現在，竟然還有臉說這種話，真是有夠不講理。

如果雙親能更重視華一點，華也會對雙親坦白，不須雙親交代也會重視一瀨家。也會對一瀨家特別關照，提升他們在分家中的發言權。

但現實正好相反。

因為他們看也不看華一眼，將關注全放在姊姊身上，也因此受到外人嘲笑。

「早知如此，就該再更疼愛次女多一點才對呢。」強忍著幸災樂禍的笑意說出這種話的人，是發言權和一瀨家差不多的弱小分家的人。

他們還會順口加上一句「在長女教育上花費的大筆心力都成一場空了呢」，嘲笑將全部期待放在長女身上的雙親。

空有高傲自尊心的父母無法反駁，只能恨得牙癢癢的。

而不知為何，他們竟把這股怨恨的矛頭指向華。

這全是劣等生的華的錯。

雖說如此，既然無法見到華，也無法對她有所期待。

得需要思考其他對策才行。

所謂的其他對策，就是擺在桌上的褐色相本。

「想要奪回家中的權勢，只剩下這條路可走了。」

父親意志強烈地看著相本，雙親表情嚴肅，被他們找來的葉月此時走入房內。

「打擾了，爸爸、媽媽，請問有什麼事情嗎？」

葉月的容貌與雙胞胎妹妹華相仿且更豔麗上幾分，她發現房中呈現著詭譎的氣氛，但沒說出口。

不過，她似乎也感覺到些許不對勁，表情不甚開朗。

「葉月，妳來得好，那邊坐下。」

看見父親不必要的滿臉笑容，葉月感到很不可思議，乖乖地在雙親對面坐下。

葉月才一落座，父親立刻開口誇獎她。

「葉月，妳真的相當優秀，聽說前陣子考試也是學年榜首啊。」

「謝謝誇獎。」

葉月沒有特別改變表情低頭道謝，父親又繼續誇讚：

「妳從小就很優秀，讓我們一直引以為傲，甚至創造出人型式神，真是我們最驕傲的女兒。」

「爸爸，發生什麼事了嗎？為什麼突然這麼說？」

聽見父親說出這些平常不說的話，葉月感到相當困惑。

「沒有啦，只是看見妳照著我們的期待長大，著實讓人很欣慰。」

父親說著，把褐色相本擺在葉月面前。

「打開來看。」

「咦？好……」

葉月照指示打開，裡面貼著一張男性照片。

雖然不曾對話過，但葉月知道這位人物。

「爸爸，這張照片是？」

葉月開口問，心中只有非常不好的預感。

因為這照片簡直跟相親照片沒兩樣。

葉月努力告訴自己「不可能有這種事」，卻從父親口中聽見殘酷的回應：

「葉月，我們替妳決定好結婚對象了。」

「對方也給我們很滿意的答覆，葉月，真是太好了呢。」

面對雙親毫不懷疑、認為女兒絕對會感到開心的態度，葉月反射性反駁：

「請等等！我記得這位先生已經超過四十歲了，和我年齡差距太大，而且……」

葉月還想繼續說下去，但父親厲聲斥責：

「那又如何，年齡差距不過只是小事。需要的只有『為了一瀨家』這一點而已。」

「……！」

葉月無法反駁，只能緊抿雙唇。

當雙親說出「為了一瀨家」時，就絕對不可能聽進葉月的意見，這已不是一天兩天的事了，他們立刻剝奪葉月說話的權利。

「妳該不會想說什麼喜不喜歡之類的，妳不是會說出這種無聊事的小孩吧？是吧，葉月？」

「……是的，爸爸。」

在葉月肯定的瞬間，父親立刻笑開懷。

「這個婚姻對我們一瀨家來說相當重要，葉月也要好好理解。」

「是……」

「真是的，要是華能做得好一點，我就無須委屈自己、低聲下氣地懇求，那女兒真是無可救藥，同為雙胞胎怎會如此不同？葉月是能回應父母期待的優秀孩子，實在幫我們大忙了啊。」

「…………」

葉月勉強扯出笑容，但她擺在腿上的手拚命隱忍著緊緊握拳。

心情愉悅的雙親絲毫沒有注意到這點。

「離雙方正式見面還要一段時間，在那之前，妳可得注意別做出讓一瀨家蒙羞的行為。但事到如今，也不需要特別提醒妳了。」

「就是說啊，老公。葉月才不會做出華那種忤逆雙親的愚蠢行動，優雅又乖巧，正可謂大和撫子呢。」

雙親滿臉笑容輕蔑華、吹捧葉月，絲毫不認為自己的發言有什麼問題。

他們有發現自己看似藉由和華相較來誇獎葉月，實則在牽制葉月的行動嗎？

聽從父母話的孩子是好孩子、忤逆父母的孩子就是壞孩子，葉月對雙親這種想法並非不覺反感。

每次聽到華的名字，每次被拿來和華比較，都讓葉月感受自己被迫背負雙親理想中的女兒形象。

自己的另一半，最重要的分身。

從何時開始漸行漸遠了呢？

沒有人知道，每聽見雙親輕蔑華有多無能，都讓葉月感到悲傷，肯定連華也不知情。

只要自己連同華的份一起努力，讓雙親維持好心情，他們就不會再說華的壞話了。

只要自己夠優秀……

明明為此才選擇順從雙親的呀，但不知從何時開始，順從雙親變得理所當然地令她無法反抗。

過度在意周遭的評價，讓她持續扮演著資優生的角色。

明明對此感到窒息，卻無法說出口。

以前雙胞胎感情還很要好時，葉月常常對華抱怨、讓華傷腦筋，不知不覺中和華之間拉開的距離，對葉月來說無比悲傷且痛苦。

明明一開始是為了華而做，但葉月的行動卻讓她和華漸行漸遠。

為什麼會變成這樣呢？

葉月已經搞不清楚了。

葉月的所作所為全都出現反效果，連最想保護的華也離開她身邊，葉月已經誰都沒有了。

『誰來救救我！』

這是葉月絕對說不出口的心中吶喊。

❀❀❀

犬神事件結束後不久，當華在事件中受的傷痊癒之時，她的丈夫、一之宮家主約她出門。

朔說要帶她去看作為解決事件酬勞的海景別墅。

很遺憾的是，華被成為新式神的犬神嵐所咬傷的傷口，留下令人痛心的傷疤，醫生診斷今後也無法完全消失。

華自己相當樂觀，認為對上祟神，只受這點小傷已實在太幸運了，但嵐每次看見傷疤都會很沮喪，華因此無法再穿上會露出傷疤的無袖款式。

但想到嵐會因此沮喪，只是不能穿無袖上衣根本算不了什麼。

傷疤偶爾會發疼，式神們擔心地勸退華，但也沒痛到必須拒絕朔難得的邀約，華興高采烈地答應要去別墅。

就這樣，華和朔一起來到距離一之宮大宅兩小時車程、可以看見大海的小鎮。

「哇啊，好棒喔～是大海是大海耶！」

從奔馳中的車裡探出窗外，聞到乘海風而來的海水氣味。

平常少有機會感受的氣味，讓華更加興奮。

「喂，別把臉探出去，很危險。」

「好啦～」

受到來到海邊仍相當冷靜的朔斥責，華乖乖坐好。

『主子大人，那是大海？』

停在華頭髮上的蝴蝶式神梓羽飛離華的頭上，好奇地在車內翩翩飛舞，以有點口齒不清的聲音問到。

「梓羽沒看過大海嗎？」

『沒有。』

華雖然也不常看，但也曾去過海邊好幾次。

記得應該是小學遠足和國中校外教學時。

因為華國小、國中就讀普通學校，沒辦法帶式神梓羽一起出門。

一瀨家不是會全家一起去旅行、感情很好的家庭。

這次來到靠海的地方，也是華久違的遠行。

所以希望朔能對她過度的興奮睜隻眼、閉隻眼啊。

酬勞的別墅並非鄰近海岸，而是位於可以一覽海景，景色絕佳的高台上。

雖然要去海邊玩有點距離，但景色無可挑剔。

而且真不愧原為一之宮家名下的別墅，腹地寬敞，從大門無法看見別墅全貌。

車子在大門前停下，華興奮地在車內不停張望，朔傻眼地看著她。

「妳冷靜點，別墅又不會逃跑。」

「我知道啊，但我很期待嘛。噯，這棟別墅真的可以給我嗎？」

雖然還沒進去確認建築物，但眼前的大門讓華確定裡面肯定有棟豪宅，她期待得靜不下來。

「對，約好要給妳的。已經登記到妳名下了，名符其實是妳的別墅。」

「萬歲～朔，謝謝你！」

看見華舉雙手露出滿臉笑容，朔揚起嘴角壞心地笑了。

「要道謝別光說不練，用態度表現吧。」

「舉例來說？」

華隱隱約約察覺氣氛不太妙仍開口問，朔將華圈進自己的懷中。

「喂、喂！太近了啦！」

「我正在靠近妳啊，妳這個小遲鈍。」

華因這預料外的舉動失去冷靜，朔露出天不怕地不怕的笑容捏住華的下顎。

「稍微愛上我了嗎？」

唇瓣隨時都會貼上的距離，讓華頓時臉紅。

他們原本只是為了強化柱石結界而締結契約的夫妻，但在朔改變主意之後，柱石結界已強化完成的現在，兩人仍維持著夫妻關係。

雖然跟被朔騙了沒兩樣，但兩人也相處得不錯。

對離開一瀨家後無依無靠的華來說，能得到一之宮這個堅強後盾，是她求之不得的狀況。

一開始被當作劣等生的華並不受到歡迎，但在大家得知華擁有葵和雅這兩個人型式神後，不僅一之宮家的傭人，連朔的母親美櫻也認同華；老實說，一之宮家住起來很舒服。

華在一瀨家時總是獨自用餐，但在一之宮家會全家人一起用餐。

一開始，華覺得自己吃比較輕鬆，但邊吃飯邊聊些閒雜小事，令華感到心情平靜的同時，也感覺餐點美味許多。

甚至令她感覺，自己或許期待著這樣家庭團聚的時光吧。

在一瀨家不管多努力都無法得到的東西，在一之宮家理所當然地存在著。

所以華不討厭在一之宮家的生活，但問題出在朔身上。

在明明只是契約婚姻的情況下，先前已會突然吻她、態度相當強勢的朔，在主張婚姻關係存續之後，肢體接觸也越來越放肆。

只要逮到機會就會吻華，手環上她的肩膀、緊緊擁抱她等等，缺乏戀愛經驗的華被他耍得團團轉。

現在也是，朔彷彿表達時機絕佳地不停將臉靠近，華陷入混亂狀態，但好險她有可靠的式神們。

「你這混帳！對主子做什麼！色老頭！」

跟小混混般大吼大叫，打開車門就踹開朔、強制將他從華身上分開的，是背上背著大劍的男性葵。

接著，有一副天女般外貌的雅立刻牽起華的手領她下車。

兩人都對華過度保護。

「那麼，主子大人，還請快點下車。」

「葵、雅，謝謝你們。」

華鬆了一口氣後看向車內，被葵踹開的朔姿勢詭異地倒在車內。

他毫不遮掩臉上的不滿。

「又是你們。」

「我們才要說『又』！沒看見主子不情願嘛！」

「我現在正在追求她，外人給我閉嘴，這是夫妻間的問題。」

「什麼夫妻，明明是你欺騙主子還敢胡扯！」

葵如同華的看門犬般，吵吵鬧鬧地和朔對嗆。

真正的犬神嵐也現身，祂看起來有點困惑。

『我身為華的式神，是否該助葵一臂之力？』

「嵐就別湊熱鬧了，神明介入後可就不是鬧著玩的了。」

嵐雖然有著超可愛的黑狗外表，但身為犬神的祂要是認真起來，可是會讓朔有生命危險的。

『唔姆，原來如此，那是鬧著玩啊。就是那個吧，所謂越吵感情越好。』

有點不食人間煙火的嵐認真感到贊同，華對此也只能苦笑。

「欸，你們別玩了，我們快點進去吧，我想快點進別墅探險。」

一人在車內，一人在車外吵架的朔和葵把注意力拉回華身上，終於停止爭吵。

「這麼說也是，得趁天黑前打掃乾淨才行。」

朔下車，拍拍葵沾染在他衣服上的腳印。

朔在一之宮大宅中大多穿著和服，今天難得換上牛仔褲搭配襯衫的輕鬆打扮。

他說需要穿著容易活動的衣服，也要求華穿上容易活動的衣服，所以華穿著九分褲搭配碎花襯衫。

「咦？沒打掃嗎？」

「建築物裡面很乾淨，問題是外面。」

「要割草嗎？」

「去了就知道。」

朔沒多說，讓跟在後方、搭乘另一輛車抵達的一之宮家傭人打開大門。

「快點，要走囉。」

朔快步往前進，華和式神們慌慌張張地追上去。

應該是跟來照顧他們的幾個傭人，卻不知為何沒有跟上來。

「欸，朔，那些人呢？」

「等我們打掃乾淨後就會進來。」

「什麼？一般來說不是那些人會打掃嗎？」

他們是一之宮家聘用的人，而朔是家主耶，怎麼可以讓主人打掃啊？正常來說該反過來吧！

華的疑問立刻得到解答。

從大門往裡面走五分鐘左右，就看見相當漂亮的洋房。

那是一棟讓華和式神們住都顯得過分寬敞的氣派建築物。

庭院也很廣闊，感覺甚至可以在這裡練習高爾夫揮桿呢。

遠遠超越華想像的氣派別墅，讓她不禁感嘆「真不愧是一之宮家擁有的別墅」，卻發現有比別墅更令人在意的東西四處徘徊。

將庭院美麗景觀毀於一旦的，妖魔、妖魔、妖魔集團。

「這是什麼鬼啊啊啊啊啊啊！」

華忍不住驚聲尖叫，但又有誰能責怪她？

「朔！這到底是什麼啦！」

華帶著怒氣衝到朔面前，但朔毫不在乎地回答：

「正如妳所見，妖魔。」

「什麼『妖魔』啦！為什麼會有這麼多。」

「妳問這個啊，這棟別墅因為各種問題，平常就是妖魔聚集的地方，得定期來清掃才行。」

「清掃……」

華終於理解朔口中「清掃」的意思了。

也理解跟來的傭人們不一起進門的理由了。

這也是當然，雖然傭人們都是術者家族的人，但如果他們有能力打倒這些密密麻麻的妖魔，就不會來當傭人而會從事術者工作了。

「聚集而來的妖魔不僅多還很強，沒辦法隨便交給蹩腳術者負責。我之前會偶爾來打掃，正好妳想要酬勞就剛好把這給妳。」

「交換！我要求交換！我要其他別墅！」

「妳死心吧，已經辦完手續，這別墅是妳的了。所以妳得好好管理妳自己的東西。」

「我、我被騙了……」

華當場跪地無比沮喪。

對有自己別墅的喜悅越大，打擊也越大。

華大受打擊，完全無法立刻振作起來，連白色九分褲被沙石弄髒也毫不在意。

但是，朔和妖魔當然不可能體諒華有多傷心。

「華，快起來，要來了。」

朔彷彿表示要開始工作了，卯起幹勁，挽袖叫出自己的式神。

「椿，出來。」

「來了～」

這個雙馬尾白髮，頭戴毛茸茸獸耳，身穿蕾絲荷葉邊女僕裝的人型式神，是朔的式神椿。

椿一現身立刻盯上葵。

「討厭啦～達令也在耶～」

「咿！」

宛如獵人鎖定獵物的眼神，令葵不禁畏怯。

椿以前自稱朔的情婦，但她對葵一見鍾情，現在除了葵之外看不上其他人。

現在也是隨時都要朝葵身上飛撲，朔大掌一把握住她的頭。

「待會再去找妳的達令，等打掃完，妳想要約會多久都行。」

「太棒了～椿會好好加油～達令，你等等我喔。」

椿用語尾會加上愛心的音色朝葵拋飛吻，接著衝進妖魔集團中。

被椿拋飛吻的葵臉色很難看。

「不要啦，主子，我討厭那傢伙……」

葵眼神求救地看著華，但華才真的想找人求救，根本無暇顧慮葵。

「壞人，太過分了啦，我那麼期待耶。為了別墅很努力解決事件的耶，沒想到竟然收到這種回報……」

泫然欲泣的華，眼神兇狠地瞪著現在正衝上來攻擊他們的妖魔，遷怒般大喊：

「把我的別墅還來！」

「展開展開展開！」一連喊了好幾聲將妖魔一個個關進結界中，「滅！」氣勢勇猛地大叫後，將附近的妖魔一口氣消滅。

「葵、雅、梓羽！把擅闖別人家裡的違法入侵者全部消滅。」

『我也來幫忙吧？』

「拜託祢，有嵐在可是以一擋百呢。」

『唔姆。』

毫不畏懼眾多妖魔的嵐朝著妖魔群奔跑，葵也跟在嵐後面。

「嵐，我們來比賽看誰殺得多。」

『好，我可不會輸。』

「我也不會輸！」

目送嵐和葵和睦離去的背影，華自暴自棄地哼聲大喊：

「哼，有種放馬過來啊。」

「主子大人已經自暴自棄了呢。」

雅一臉傷腦筋的表情，但這狀況下，又有誰能不自暴自棄呢？

「朔你這個笨蛋！給我記住！」

這份從內不停湧出的憤怒，到底該如何是好？

為了發洩煩躁，華朝妖魔群中衝進去，一個接一個地滅了妖魔。

❀❀❀

在旁看著這一幕的朔相當欽佩。

「把這裡交給她，果然是正確選擇。」

怒火全開的華輕輕鬆鬆地打倒了妖魔。

這棟別墅在一之宮名下，所以代代皆由一之宮家管理。

但這裡的妖魔與各處現身的妖魔不同，力量強大，需要集合多名強大術者的力量，才有辦法消滅。

但也不能定期將多名術者拘禁於此，所以先前都是朔獨力清掃。

以華的實力來看，應該有足以消滅這些妖魔的力量，講起要拿別墅當酬勞時，朔立刻想到這點。

這個浩大工程以往總要耗上一整天，但華身邊還有犬神嵐，所以妖魔以驚人的速度消失。

看見這幅模樣，朔終於感覺卸下肩膀重擔。

繼任家主後，朔比先前更加無法輕易抽出時間，能把這棟別墅交給華對他幫助很大。

❀❀❀

庭院掃除工作勉強在上午結束了。

傭人接到通知後陸陸續續進入別墅，華則是倒在庭院的長椅上。

「累死了……」

為了發洩煩躁而過分活動的結果，華現在處於斷電狀態。

一步都不想移動。

另一方面，因為是用術者的靈力創造出來的，葵等式神們不會感到疲憊，仍舊精力旺盛。

「真是的，我輸給嵐了。」

『葵也相當了不起。』

葵和嵐較量著打倒的妖魔數量。

椿在此跑過來緊緊抱住葵。

「達令～辛苦你了，為了感謝你，我們去約會吧～」

「呀啊啊！我不需要！」

「你不用這麼害羞啦～」

「我沒有害羞！放開我！」

「才～不～要～」

華橫躺在長椅上，一臉傻眼地看著吵吵鬧鬧的葵和椿。

提供大腿給華當枕頭的雅，也只是滿臉笑意看著。

梓羽開心地在庭院盛開的各式花卉旁飛來飛去。

式神們也太自由不拘了吧。

「還真是熱鬧耶。」

與待在一瀨家那時相比，真的改變許多。

葵和雅可以不在乎他人目光自在地現身，華覺得他們看起來生氣勃勃。

華原本還覺得和朔締結契約婚姻是個錯誤，但對先前躲躲藏藏的葵和雅來說，這或許是很棒的選擇。

正當華懶散躺在長椅上時，朔來呼喚華。

「華，裡面準備好了，也沒有妖魔了，可以進去囉。」

朔把華捲進這個大麻煩中，卻連米粒大的愧疚也沒有，華惡狠狠地瞪著朔：

「你這可惡的詐欺師！」

明明有無盡怨言，但怒氣衝破天際後，反而說不出痛罵他的話了。取而代之，只能用最強烈的怒目控訴。

「別把人說得那麼難聽，這的確是海景別墅，我沒說謊。」

「如果我知道這裡是妖魔聚集地，那我就不會收下了！」

華氣得瞪大眼怒吼，但朔根本不痛不癢。

「要是說了妳就不要了啊。」

「這是當然的啊，混帳！」

有誰會想要附贈妖魔的宅邸啊，上哪找都找不到。

「反過來問你，你會想要嗎？」

「我也不要。」

朔毫不在乎地平淡回應，華也累得不想繼續怒吼了。

華用力吐了一口氣讓自己平靜下來，接著從長椅上起身。

「你說可以進去了？」

「對，已經準備好午餐了，我們去吃飯吧。」

「好啦好啦。」

華無奈地起身跟著朔走進建築物中。

洋房內裝潢豪華的程度，讓人難以想像只是別墅，和一之宮家氛圍沉穩的純和風大宅不同，擺設的家具與日用品都予人華麗、明亮的印象。

華原本以為，可以隨口送給她的別墅大概幾乎沒什麼使用，但這裡沒有絲毫古舊感，可以看出很細心保養。

「今天天氣不錯，我讓他們準備在露臺上。」

從布好午餐的廣闊露臺上，可以一望整片海景。

「哇啊，景色好美。」

「是吧？這棟別墅就只有位置絕佳。」

華立刻體會朔口中所說的意思。

只要沒了妖魔的問題，這裡無庸置疑是絕佳房產。

但也可說妖魔們毀了這一切啦。

「要是沒妖魔就好了。」

「是這樣沒錯，但對妳來說不難解決吧。」

「是不難解決，但我可無法管理到老耶。」

「到時會由一之宮接管，所以現在請妳幫忙管理。我找不到其他可以幫忙的人，而且也有家主的工作得忙，無法顧慮到這裡。」

看朔認真的表情，這似乎是相當急迫的問題。

這也是當然，華加上朔還總動員所有式神，也得花費整個上午才解決。聽說先前都是朔在百忙之中抽出一整天時間來清掃，看來耗費他許多功夫吧？

「真拿你沒辦法，那我就偶爾來替你打掃一下吧。」

「幫大忙了。」

朔除了術者的工作外，還有一之宮家主的工作要忙，華這次就為了朔妥協了。

看見朔露出輕柔微笑，華也自然綻放笑意。

「我話說在前面，你下次要是再做出這種半哄半騙的行為，我馬上跟你離婚。」

「妳放心，就算妳說要離婚，我也會拿權力搓掉。」

「乖乖跟我離婚啦！」

「我拒絕。」

怎麼會有如此任性妄為的大爺啊。

但華也感覺自己正逐漸接納這樣的朔，這才令她感到棘手。

❀❀❀

清掃完妖魔後，為了盡情享受終於得到手的別墅，華在洋房裡四處閒逛。

但逛完一圈後便無事可做，閒得發慌。

洋房對華來說很稀奇沒錯，但要說起豪宅，一之宮大宅的等級更高上許多，對看慣一之宮大宅的華來說，只有剛開始一小時感到新鮮。

無聊的華跑到朔所在的房間找他。

「欸欸，朔。」

「怎麼啦？」

就連這種時候朔也在工作，正敲打著筆記型電腦的鍵盤。

「好無聊～沒什麼有趣的事情嗎？」

「妳啊。」

朔從電腦畫面中抬起頭來，傻眼地看著華。

「妳不是還對別墅與高采烈的嗎？」

「是這樣沒錯，但仔細想想無事可做很無聊耶。這裡沒電視看，手機也沒訊號。」

「沒辦法啊，別墅周遭張設強力結界避免妖魔跑出去，所以訊號也傳不進來。電視和廣播也受到妖魔影響會有雜訊，所以打一開始就沒擺放。」

「那你的電腦呢？」

「我只是在寫工作需要的文件，沒有連接網路。」

這是什麼瑕疵住宅，幾乎沒有樂趣，叫人到底該如何自處。

要是華極度依賴手機，應該要大叫了。

但她也不是早已看破紅塵的老人家，沒有娛樂對她來說也相當痛苦。

「這附近沒有地方可以玩嗎？」

「有，這一帶有溫泉，所以附近有觀光客聚集的溫泉街，應該也有不少店家。」

「那你也早點說啊，我可以出門嗎？」

「等等我，工作就快告一段落了，我們一起去。」

「你不是在忙嗎？」

見朔雙手忙碌動個不停，華不認為他有閒情逸致出去玩。

「沒問題，今天原本預定要花上一整天打掃，本來就沒有排定行程。」

華不禁瞇起眼睛，心想「還真虧你有臉把這種房子送給我」。

朔是術者中最高等級，五色漆黑的持有者。

連朔都需要耗費整天時間，以正常來思考都是件極為棘手的案件。他卻宛如去超商買冰請華吃一樣，隨意就把這別墅給她；老實說華相當猶豫，這是否表示朔認可華的能力且相當信賴她呢？

「我馬上做完，妳等等。」

朔高傲地說完後，再度把視線拉回電腦螢幕上。

華只好在一旁的沙發上坐下，邊和梓羽玩耍邊乖乖等待。

葵之所以不在身邊，是因為他正激烈地和椿在洋房內「躲貓貓」。

那兩人的力量勢均力敵，葵無法輕易從椿手中逃脫，吃盡了苦頭。

華覺得「乾脆直接接受椿會比較輕鬆吧？」但葵非常不擅與椿相處，椿的心意短時間內還無法被葵接受吧。

到底是葵會先妥協，還是椿會先找到新達令呢？華其實暗自對兩人的動態樂在其中，不過這點得對葵保密就是了。

除了葵以外也不見雅和嵐，他們倆一起出去散步，似乎正在庭院悠閒地曬太陽。

新加入的嵐和其他式神處得很好，華也放心了。

即使同為式神，華原本還擔心嵐身為真正的神明，會不會有太強烈的自尊心，但祂會自然地尊重其他前輩式神們，應該調適得很好。

真想把嵐指甲裡的汙垢煮來給哪位高高在上的家主大人喝，如此一來或許也能讓他多少學會什麼叫做謙虛。

在華想著這些事情時，聽到闔上筆記型電腦的聲音，她轉頭看朔。

「做完了？」

「對。」

「那我們快出門吧！」

華迫不及待地從沙發上跳起來，開心地走出房間。

「由此可見，妳有多無聊。」

朔跟在華背後走，看著華的溫柔視線，宛如無奈看著令人傷神的孩子。

「葵他們要怎麼辦？要叫他們嗎？」

「別管他們，他們現在大概玩捉迷藏玩得正開心吧。」

對椿來說肯定玩得很開心，但葵的感想應該正好相反。

但帶著吵吵鬧鬧的兩人走進觀光客人潮中，感覺只會引起麻煩事，於是華決定拋下葵不管了。

讓傭人把車開出來，華和朔帶著梓羽一起上街去。

從位於高台上的別墅開車約五到十分鐘。

不知何處傳來的硫磺氣味，飄進了溫泉街中。

因為這天是假日，街上行人眾多店家也生意興隆，許多店家還出現排隊人潮。

「沒想到附近就有這麼熱鬧的溫泉街，那間別墅真的只有地點絕佳。」

「是吧，妳有稍微喜歡上了嗎？」

「只要沒妖魔出沒就超棒了。」

「只要擁有能解決的實力，那就是最棒的別墅。妳有嵐作為式神，戰力十足，只不過正因為這樣人潮群聚的地點就在附近，得多加小心別讓妖魔跑出去才行。雖然張設了結界，也無法預防萬一。」

「好麻煩喔～」

既然已經將別墅給華，華今後就得多加注意才行。

附近有眾多觀光客聚集的溫泉街，要是妖魔跑出去發生意外，華就得為此負責。

還真的被迫接下一樁麻煩事了。

「半年來清掃一次就好。這次因為家主換代還有犬神事件，忙得沒辦法來看狀況才會聚集那麼多妖魔，平常其實沒有那麼多。只要增加過來的頻率，就妳的實力來說不是什麼太辛苦的工作。」

「原來是這樣啊，那應該有辦法解決。」

再怎麼說，都無法否定只要沒了妖魔問題，那就是棟超棒的別墅啊。

力量強大的華平時常遭受妖魔攻擊，對她來說消滅妖魔不是什麼困難的工作。

只是因為這次量多得驚人，才會讓她不停抱怨。

如果數量不多，對有嵐這個式神的華來說，只是小事一樁。

如此一想，有美麗海景，附近還有溫泉街的那棟別墅，或許可謂超值禮物呢。

更正確來說，只能用這種說詞來安慰自己了。

『主子大人，我們快去逛逛吧。』

停在華頭髮上偽裝髮飾的梓羽催促著她。

梓羽不曾出過遠門，她或許相當興奮呢。

「說的也是，我們走吧。」

華一邁開腳步，朔立刻握住她的手，讓她一瞬間動搖。

「朔！」

「妳也不想迷路吧？而且，這樣看起來才像在約會。」

朔露出自信滿滿的強勢笑容，華無法甩開他的手，臉頰微微泛紅，也為了不鬆手而輕輕回握。

在溫泉街上購買必吃的溫泉蛋，大口咬下熱呼呼的溫泉饅頭，看著捲出漂亮形狀的霜淇淋眼神閃閃發亮。

「喂，妳怎麼一路吃不停啊。」

就連朔也傻眼地忍不住吐嘈。

「因為很好吃嘛。」

「妳這樣會吃不下晚餐的。」

華把朔彷彿母親叮囑孩子的話當耳邊風，注意力被下一個闖進視線中的足湯吸引。

「朔，你看，有足湯耶。」

華拉著朔的手疾步向前，朔臉上掛著無奈表情，但眼神裡充滿無盡溫暖。

買了在眼前販售的玻璃瓶汽水後，脫掉鞋襪泡進足湯裡。

「朔也快來啊。」

華拍拍身邊的座位催促不知在遲疑什麼的朔，朔只好脫掉鞋子、捲起牛仔褲管，泡進足湯裡。

「啊～真舒服～」

華邊說邊大口暢飲汽水，無法想像是年輕高中女生會有的行為。

「噗哈，這太讚了呢。」

「妳這樣好像哪來的大叔。」

「又沒有關係，機會難得啊。我第一次來溫泉耶，別墅那邊有溫泉嗎？」

「有拉管線，源泉二十四小時不停。」

二十四小時流不停的源泉也太令人心動了吧！

「太棒了，我回去就要去泡。」

「那我替妳刷背吧。」

朔揚起嘴角，華瞇起眼睛瞪他。

「你這個色老頭。」

「我們是夫妻，妳別客氣。」

「當然要和你客氣啊！」

「說的也是，華連初吻對象都是我，洗鴛鴦浴對妳來說難度太高了。等妳經驗值高一點後再挑戰吧。」

華的臉瞬間發熱，把力量聚集在掌心後朝朔丟過去。

力量碰到朔的瞬間煙消雲散，但朔的表情相當慌張。

「很危險！妳在這種地方做什麼啦。」

非術者的普通民眾看不見力量，但華的力量過去曾把朔的弟弟望打飛，可是有著驚人的攻擊力。

因為朔力量強大才有辦法相互抵消，對普通人來說相當危險，但華也是相當清楚情況，才敢做出這種舉動。

「明明就是你不好！而且我已經手下留情了。」

實際上帶給朔的衝擊，甚至不及朔對華彈額頭的力道。

「這點小事就害羞，那該怎麼辦啊？世上的夫妻所做的事情可更羞人呢。」

這男人一臉正經地說些什麼渾話啊。

「在那之前就要跟你離婚！」

朔愉悅地看著華吠叫，笑得肩膀直晃。

時至此時，華才終於發現朔只是在享受華的反應而已。

「可惡~你改改個性比較好吧，要不然會不受歡迎喔！」

「妳放心，除了妳以外我看不上其他人，這不成問題。」

「所以說，你別再說那種話了啦！」

聽見朔毫不害臊地說出追求她的台詞，華不知該如何反應才好。

「這是我的真心話，對妳拐彎抹角妳就聽不懂，所以我只能直接表達我的愛情。」

「就算是這樣，也別在人前說啦！」

對面同樣享受著足湯的阿姨們，嘴角帶笑地看著他們啊。

「年輕真好呢。」

「我也曾經有過這種時光呢～」

聽見阿姨們這樣說，讓華感到更加害臊。

繼續待下去只是對心臟不好，華把腳抽離足湯打算拿毛巾擦腳時，朔搶過毛巾開始仔細地替華擦拭。

這讓華大為驚慌。

「喂，朔！」

對面的阿姨們露出「哎呀哎呀」的莞爾表情，興奮地看著他們，這讓華更加坐立難安。

絲毫不理會華的慌張，朔輕輕安撫想搶回毛巾的華，替她仔細擦乾水漬後，也同樣替自己把腳擦乾。

害臊到極限的華沉默地穿上襪子和鞋子，快步離開足湯。

「喂，華，妳等等。」

「才不要等！」

華氣惱著，朔難道不知何謂羞恥心嗎？

但朔臉上不見絲毫愧疚，反而看起來相當開心。

這表情又讓華更氣。

「你幹嘛一直笑。」

「呵呵呵，和妳在一起真的不會膩。」

「聽不懂你在說什麼。」

「我懂就好，沒有問題。」

記得以前椿曾說過，朔是個不會笑的人。

形容他臉部肌肉就跟蠟像一樣全部死光光了，但看到現在表情豐富的朔，實在難以置信他過去曾是那種模樣。

華認為比起不笑的朔，會笑的朔更有魅力，雖然她絕對不會說出口啦。

朔再次主動牽起華的手，而華也沒有抗拒。

他們就這樣在溫泉街上閒晃，突然看見一家販售勾玉的店而停下腳步。

牌子上還寫著能量石，擺放用各式各樣石頭製作的勾玉。

「妳想要嗎？」

「嗯～這個嘛……」

邊閱讀石頭的名稱以及說明意義、效果的文章，白色瑪瑙做成的勾玉最吸引華的注意。

確認石頭的意義與效果之後，華咧嘴一笑。

「妳現在表情很像壞人喔。」

朔立刻吐嘈，但華沒有改變表情。

不對，反而感覺她的笑意更深了。

「朔，我買這個白瑪瑙的勾玉給你。這是我送給你的禮物，你要把這個和漆黑的項鍊一起戴著喔。這是愛妻送給你的禮物，你肯定很開心對吧？」

看著華滿臉笑容，朔當然不可能毫無疑問全盤接受她的說詞，對她投以懷疑眼光。

「這是無所謂，但妳有什麼企圖？」

「你很沒禮貌耶，這是對你送我別墅的回禮。」

說完後，華不是只拿起一個，而是拿起兩個白瑪瑙勾玉去結帳。

「嗯呵呵呵～」

華心情極佳地將買來的其中一個勾玉遞給朔。

「快點快點，你快掛上去。」

「好。」

雖然對為什麼要買兩個感到不解，朔仍將勾玉穿過掛著術者證明之漆黑墜飾的項鍊中。

小小的勾玉不構成阻礙，和漆黑的證明一起掛在朔的胸前。

「妳另一個要幹嘛？」

「為了以防萬一買起來預備的～」

雖然沒有解決疑問，但看華心情這麼好，朔也不再繼續追究。

之後，他們繼續在溫泉街上閒逛，買了許多伴手禮，意氣揚揚地回到別墅，只見葵拖著黏在他身上不放的椿，泫然欲泣地等著華歸來。

「您拋下我是上哪去了。」

「今天一整天都和達令在一起，椿好幸福喔～」

「快點把這傢伙拉開啦！」

葵發出無比窩囊的聲音求救。

華和朔都沒想到他們兩人在那之後還你追我跑個沒完，面面相覷後，一起重重嘆了一口氣。

第二章

從別墅回家後，華直奔自己的房間。
「啊～好累喔～」
說著，華直接橫倒在沙發上。
一之宮大宅的寢室是在榻榻米上鋪上被褥，而別墅則是擺著床鋪。
撲上床鋪翻滾時，軟硬適中的床墊接住華的身體。
那似乎是品質相當好的床墊，華回想起那床墊，好睡得讓她才躺上床立刻浮上睡意。
乾脆拜託朔，把一之宮大宅裡的寢室也改成床鋪吧？
如此一來想睡隨時都可以睡，就在華這樣思考時，朔沒敲門，直接走進寢室裡。
看見華癱軟在沙發上，朔不禁苦笑。
「妳太懶散了吧。」
「我才剛抵達別墅就立刻被迫消滅妖魔耶，這也是沒辦法的啊。全是你的錯。而且明明已經消滅完了，今天早上又冒出一大堆來，我可是自己一個人消滅耶。原本還以為你會幫我，沒想到你七早八早就丟下椿跑回家來了。」

今天早上起床後，華從椿口中聽到朔先回家時，嚇得說不出話來。

因為朝外頭一看，原本早已清掃完畢的妖魔，又在庭院裡四處徘徊，清爽的早晨一瞬間就毀了。

「葵只忙著躲椿根本派不上用場。而且話說回來，你不是說只要偶爾去消滅妖魔就好了嗎？超級多的耶。」

華躺在沙發上，眼神責備地直盯著朔瞧。

「那真的很抱歉。我突然被叫回來，沒時間直接對妳說一聲。今天出現的妖魔，大概是周遭的傢伙對妳的氣息起反應，被吸引過來的，和別墅土地本身無關。」

張設在別墅周邊對付妖魔用的結界，是只進不出，為了捕捉妖魔用的結界。

那本來就是容易聚集妖魔的土地，再加上平常總被妖魔當目標的華當誘餌，結果意外成為一個「妖魔蟑螂屋」了。

這也出乎朔的預料之外。

「妳離開之後，我有收到報告說沒有妖魔出現，所以應該沒問題。等妳有空時再去打掃吧。」

「好啦好啦。」

華再次後悔著「果然接下了一個燙手山芋」，但事到如今，即使說要還給朔，朔也不會接受。

「我以後再也不相信朔所說的話了。」

「妳別這樣說嘛，交給妳囉。」

真心不甘願但也無可奈何，華只能用力嘆氣。

「啊～真是的，我只能靠嵐撫慰我的心靈了。」

華說完後從沙發上起身，緊緊抱住一旁趴著放鬆的嵐，把臉埋在嵐鬆軟的毛皮中。

這魅惑人心的毛茸茸，撫慰了華無比煩躁的心情。

嵐雖然無奈也沒有掙扎，任憑華想怎麼做就怎麼做。

真是位心胸寬大的神明。但也因為祂是如此溫柔的神明，才會因此墮落成祟神啊。

「話說回來，是有什麼急事啊？回到家之後總覺得氣氛很緊張耶，是因為那件事？」

「妳發現啦。」

「這還用說，發出這麼緊繃的氣氛，就算再不情願也會發現吧。」

隸屬於一之宮家的術者頻繁在大宅裡進出，所有人皆是一臉恐怖的表情。

這裡是本家，平常就有掛著術者證明項鍊的術者進出，但今天的頻率異常高。

再怎麼遲鈍的人，都會察覺發生什麼異狀了。

朔在抱著嵐的華面前盤腿而坐，表情認真地開口：

「有入侵者闖入術者協會總部。」

「真的嗎？」

「是真的，沒逮到犯人，現在仍在搜索。」

「天啊。」

華會極度驚訝也是理所當然。

即使華原本不打算成為術者、想進一般公司工作，對術者協會不怎麼了解，也聽過協會總部的戒備有多森嚴。

其堅固的保全系統除了相關人士以外，連一隻螞蟻也無法闖進，協會總部對此相當自豪。

不僅對竟然有人試圖闖進這樣的地方感到驚訝，聽到他們真的闖關成功，更讓人感到錯愕。

而且還沒有逮到犯人。

「協會的保全是怎麼了啊？」

「保全非常完美，但協會內部似乎有內鬼，幾名術者在事發後行蹤不明。」

「該說什麼好呢，好像只能說節哀順變。」

的。

「真的是啊。」

從重重嘆氣的朔身上，感受到類似焦躁的情緒。

「那個入侵者，應該不只是入侵而已吧？」

若非如此，就不可能讓如此多的術者忙進忙出，華因而這樣推論，而她的猜測是正確的。

「是啊，入侵者帶走了保管在協會總部中的咒具。」

「咒具是二条院做的那些？」

「沒錯，而且全都是危險等級ＳＳ的咒具。」

「那豈不是超級糟糕的！」

「所以大家才會如此緊張。」

朔彷彿表示「妳也太遲鈍了吧」的眼神刺痛了華。

其危險性連華也能理解。

聽到咒具可能會聯想到不好的東西，但並非所有咒具都會對人類造成危害。

咒具幾乎都是為了與妖魔對戰而製造出來，可說是對付妖魔用的武器。

在這之中，被評等為危險等級ＳＳ的咒具，是屬於遭到惡用會對人類造成重大危害而被封印的東西。

這些咒具到底有怎樣的效果，身為分家中發言權低落的一瀨家成員的華不清楚，但她在課堂上也曾學過，這類危險咒具由協會管理。

同時也學到，所有被評等為危險等級ＳＳ的咒具，皆出自二条院家之手。

「為什麼那麼危險的東西會輕而易舉被偷走啊！總部，也就是在一之宮家的管轄內耶，所以最高負責人不就是朔嘛！」

華極度失禮地豎起食指直指朔。

「所以我也很著急啊！」

朔氣得瞪大眼大叫。

雖然感覺有點被他遷怒了，但朔就是如此焦急，這也無可奈何。

「自從協會創立以來，這類重大醜事屈指可數，沒想到竟然會在我這一代發生啊……我都可以聽到蠢老爸得知這件事時的得意大笑了。」

抱頭苦惱的朔看起來真的很煩惱。

蠢老爸應該就是朔的父親，華偶爾會聽到朔如此稱呼自己父親，因而如此判斷。

朔和父親間的關係目前仍是個謎。

華還沒見過朔的父親，朔先前曾經說過他和父親的關係不太好，用餐時如果提及他父親的話題，氣氛就會瞬間降至冰點，所以華也不敢問出口。

在這棟大屋裡唯一會捉弄人似地喊朔「少爺」的資深女傭十和，曾自然地告訴華他很健康，將來應該有機會見面。

關於朔的父親到時再來煩惱就好，眼前最大的問題是闖入協會的入侵者。

「感覺能找到人嗎？」

「現在總動員能動用的術者全力搜索中，似乎有很棘手的東西牽扯其中，應該會借用一之宮以外家族的力量。」

「棘手的東西？」

「『骷髏與彼岸花』似乎動起來了。」

「那是什麼？」

看見華「是在說什麼」不解地歪頭，朔不禁摀住眼睛。

「妳好歹也是五大家族分家的人吧……為什麼不知道啊？」

朔傻眼透頂，他的語氣彷彿表達錯在華身上，華也瞬間發火。

「不知道就是不知道啊，這也沒辦法吧。那麼，叫骷髏與彼岸花是吧？那是什麼？」

「現場找到繪有骷髏與彼岸花的鈕扣，那個花紋是自古存在的恐怖份子集團的象徵，通稱『彼岸骷髏』。」

「通稱幾乎沒什麼變嘛。」

朔一記手刀，讓噗噗嗤笑的華安靜下來後繼續說：

「彼岸骷髏是想要把因為身負保護柱石重任、在國內擁有強大發言權的五大家族扯下現有地位的人，所聚集起來的集團。他們的說法是，要把被五大家族掌控的這個國家，從五大家族手中解放。」

「還真是簡單明確的恐怖份子思想耶。話說回來，他們知道柱石的事情，所以是出身自術者家族的人囉？」

「沒錯，是因為什麼理由而遭忽視的落魄術者的集團。他們身為術者的實力並不強大，所以一直以來不被當一回事，但最近突然實力劇增，在各處引發問題。情況已經難以忽視，五大家族正準備要對所有術者下達警戒與排除的命令。」

「是喔。」

華一副事不關己的模樣，朔勸告她：

「他們相當厭惡影響力龐大的五大家族。虎視眈眈地窺探著，只要逮到機會就要削弱五大家的力量。他們的敵人是五大家族，一之宮家主之妻的妳也可能是他們的目標。」

「什麼！」

原本以為和自己沒關係而樂觀以對的華，嚇得睜大眼。

「你開玩笑的吧！」

「很遺憾我沒開玩笑，他們偷走危險的咒具，極可能使用咒具做出激烈的行動。」

「那豈不是糟糕透頂了嘛！」

「我不是就這樣說了嘛，妳這個蠢蛋！」

朔氣得眼睛上吊，用力彈了華的額頭。

「很痛！你幹嘛啦！」

「還不是因為妳不好好理解我說的話。」

「有什麼辦法，我只是黑曜學校的學生，還是萬年C班耶，原本打算要當個普通人，對當術者一點興趣也沒有，所以根本沒好好念書啊！」

「妳現在是家主之妻，拿出點興趣來。」

就算朔這樣說，華事到如今也不想乖乖念書。

因為她預定遲早要和朔離婚之後領取酬勞，過上悠閒自在的舒適生活。

完全感受不到特地學習的必要。

大概看穿華的想法，朔露出極為兇惡的微笑。

「如果我看不見妳有所改善，我會請母親大人特別替妳上課。」

這什麼惡毒至極的威脅啊。

華的表情抽搐。

「饒了我！」

美櫻是個傲嬌的人，看就知道她絕對會嚴格教育媳婦。

該說完美主義者嗎？要是讓美櫻親自教導，華肯定無法承受。

嚴以律人也嚴以律己的美櫻，和嚴以律人、寬以待己的華不可能處得來。

一定會爆發婆媳問題，絕對沒錯。

「那妳就快點把這些知識塞進腦袋裡。」

「什麼，反正我們遲早會離婚，不用這麼做也沒關係啦。」

華很是厭惡地皺起表情，對此，朔的臉頰不停抽搐。

接著，朔繃著臉努力擠出笑容後步步逼近。

「這樣啊這樣啊，看來妳似乎非常想要和我離婚。……那麼，我就先做出既成事實，讓妳無法再想要離婚吧。」

說完後，拉過華的手將她壓倒在榻榻米上。

朔俊俏的臉孔近在咫尺，華全身僵硬，壓根忘了要逃走。

『我認為強迫女性的男性很不好。』

嵐冷靜吐嘈，朔不禁回嗆：

「閉嘴，神明怎麼可能理解人類複雜的心情！」

『唔、唔？是這樣嗎？但華嚇得一動也不動，這樣真的好嗎？』

「正剛好，做事太迂迴華就會立刻逃跑，強硬點正剛好。」

『不好好珍惜女兒家可不行啊。』

「這是我們夫妻的問題，祢安靜點。」

把華壓在身下與嵐爭辯的朔，沒發現華靜靜地氣得全身發抖。

「什麼強硬點正剛好！你這個色老頭！」

華就著被壓在身下的狀態，朝趴跪在自己上方的朔上腹一拳用力揍下去。

漂亮的右鉤拳打得朔痛苦呻吟。

「唔喔！」

華接著一腳踢開抱著肚子的朔，讓他遠離自己，然後抱緊嵐。

「嵐，這種時候祢就要跟葵一樣，不用多問直接踹飛他，別只是看，要阻止他！」

『是這樣嗎？但我插手夫妻間的問題似乎不太好……』

「完全沒問題，下次要馬上救我！」

『我了解了。』

看見華用氣勢十足的表情逼近，嵐即使不太理解狀況，也只能點頭應好。

在兩人如此對話中，終於恢復行動力的朔吃痛地慢慢起身。

「華，妳這傢伙，是想要打得我再也無法振作嗎！」

「你自作自受！在想什麼啦！」

「還不都因為妳說要離婚，要是有了孩子，妳就不會再說要離婚了對吧？」

「你要是那樣做就真的離婚！準備好贍養費，我會拿到你破產！」

在他們大吵大鬧之時，十和的聲音在華的房門外響起。

『呵呵呵，看你們感情這麼好，我也非常開心。少爺，有訪客前來找您。』

看來到了朔該去工作的時間了。

朔無奈地扶著作痛的肚子起身。

「十和，拜託妳別再喊我少爺了。」

「呵呵呵，您說的是呢，少爺。」

十和邊笑也還是繼續喊少爺，朔無力以對。

朔每次都會糾正她，但他又沒辦法對十和太強勢，也感覺他已經半放棄了。

十和似乎在朔出生前就在一之宮家工作，說來說去，這大屋裡最強的人或許是十和呢！

感覺連那位不好相處的美櫻，只有對待十和時十分有禮，她肯定受到大家另眼相待。

正打算要離開房間的朔停下腳步，轉過身：

「如同我剛剛說的，妳要小心彼岸骷髏。上下學都要搭車。」

「好啦，我姑且會小心點。但就算你這樣說，我又不知道誰是恐怖份子。」

「嗯，那也沒辦法。但妳可別跟著奇怪的人走啊。」

「我又不是小孩子了，別擔心啦。」

朔擔心的程度，讓人不禁想問：「你是我媽嗎？」華也露出有點傻眼的表情。

「我短時間內會很忙碌，有什麼事情就對母親說吧。」

「了解。」

「妳要乖乖的啊。」

朔胡亂搓揉華的頭一番後，輕輕揚起嘴角走出房間。

❀❀❀

正如朔所言，在那之後，他總是前腳才踏進家門後腳又走出門，忙得不可開交。

連平常家人全員到齊的用餐時間也無法參加，家主的位置上不見朔的身影。

「朔今天也出門了嗎？」

「似乎是這樣。」

回應的十和露出十分抱歉的表情，但這並不是十和的錯。

「還沒有找到啊……」

華小聲說。

協會本部遭竊的咒具。

在找回這些咒具之前，大概沒時間可以悠閒放鬆。

「華，這不是尚未登錄於術者協會、還是學生的妳該擔心的事情。身為家主之妻，妳要不為所動。」

不小心就會讓人感覺被教訓的音色，以及美櫻眼角犀利上揚的面容。

華一開始也被她看似嚴厲的氛圍嚇到，但最近有許多得知美櫻其實相當溫柔的機會。

現在也是，表面上看起來在斥責華，但其實是在安慰她要她別擔心。

這份體貼也太難懂了。

華不禁想著，美櫻肯定因為她的五官和語氣吃了不少苦頭。

嗯，幸好在這裡工作的傭人們，都十分理解美櫻這樣傲嬌的個性。

「是、是的！」

面對美櫻時，都讓華不自覺打直腰桿。

「那麼，就讓我們用餐吧。」

對華的回應感到滿意的美櫻拿起筷子，華和靜靜觀察動向的望也拿起筷子開始用餐。

迅速用完餐後，到了華和望上學的時間。

「望弟弟～偶爾也和嫂嫂一起上學吧？」

「誰理妳，笨蛋！我可還沒有認同妳呢！」

望紅了一張臉怒吼後，迅速坐上自己的車離開。

華滿臉竊笑表情目送他離去。

如果朔人在這邊，肯定會教訓華，要她別捉弄望。

開始在這裡生活已經過了一段時間，但目前為止除了必要對話外，華和望幾乎沒說過什麼話。

但華偶然發現望有隱性戀兄情結。

明明超級喜歡朔卻想要反抗的望，讓華一個不小心就想要捉弄他。

這因此讓望加倍迴避她，但華根本不當一回事，非常積極地找機會接觸他。

因為望本人現在還沒發現華已經知道他有戀兄情結，這實在讓華感到相當愉悅。

該在何時揭穿他才好呢，華虎視眈眈地窺探著那個瞬間。

「該何時把勾玉拿出來用才好呢？」

華極致愉快地搭上自己的車。

只要一到學校，華仍舊是過去那個劣等生。

華在一之宮家讓大家見識到自己的力量，家裡每個人都知道她的實力，但只要一外出，外面的評價完全相反。

望也是，以前在和華的對決中被打得落花流水，但他沒對黑曜學校的人提過這件事。

肯定因為他身為一之宮家的次男，卻拿分家的華束手無策這件事，讓他感到十分羞愧吧。

而且華被大眾認為是姊姊的殘渣，被當作劣等生看待，更加深這份感覺。

華也明白A班學生的自尊都莫名高傲，所以她沒打算責怪這一點，她也不可能到處宣傳自己打敗望。

如果可以維持劣等生的評價，那她希望繼續保持下去。

但華也逐漸感受到極限了。

在結婚後，朔仗恃著婚姻關係，開始仰賴華的力量。

解決犬神事件、去清掃別墅等等，今後應該也會要求她做類似事情。

幫忙朔工作的機會越多，越會提升被周遭發現華真正實力的危險性。

但到時應該只能放棄掙扎。

只能把所有麻煩事推到朔身上。

華做出如此結論後，過著她一如往常的校園生活。

在教室裡聽課的華，因為太過無聊而躲在課本後面大打哈欠。

對原本完全不打算當術者的華來說，就讀培養術者的黑曜學校毫無意義。

但朔要她多加學習術者世界的事情，所以她今天很罕見地醒著，但還是無法抵禦睡魔攻擊。

小惡魔在華耳邊竊竊私語著「乾脆放棄就睡覺了吧」。

就在華想著「明天再開始努力好了」準備會周公時，操場上傳來轟聲巨響。

連玻璃窗也跟著晃動的衝擊，讓華瞬間驚醒。

接著，教室內的學生們皆好奇地不管老師，全跑到窗邊去。

「爆炸？」

「發生什麼事了？」

「我記得現在應該是A班的實技課時間吧？」

聽到A班，華也隨之反應。

撥開湊熱鬧的人群往外看，竟然正剛好是三年A班上課中。

華忍不住尋找葉月的身影。

大概正在進行式神間的對戰，學生以外也有許多式神，因此遲遲找不到葉月在哪……

「啊，我看到華華的姊姊了。」

不知何時來到身旁的朋友鈴手指著一個方向，葉月就站在操場上，應該是爆炸源頭的大圓坑旁。

葉月的臉色蒼白，望慌慌張張地跑到葉月身邊去，其他學生只是站在遠處觀望。

到底發生什麼事了呢？從這裡看不出所以然來。

「梓羽，妳可以隱身去看看狀況嗎？」

因為旁邊還有其他同學，梓羽省略回應直接消失身影。

「喂，你們快回位置坐好。」

老師拍拍手要大家快回座。

雖然大家都很好奇，但操場那邊也讓學生們收起式神停止上課，華的班上也逐漸恢復寧靜。

但大家依然好奇，所以之後根本沒有人專心上課。

梓羽在下課時間回到身邊來，為了不讓其他人發現梓羽會說話，華翹了下一堂課。

為了避免有人進來，華在空教室張設結界之後才問梓羽：

「知道什麼了嗎？」

『似乎是主子大人姊姊的力量失控了。』

「葉月？」

華嚇一大跳。

葉月確實擁有創造出人型式神的強大力量，但至今從來沒聽說她力量失控過。

葉月很擅長控制力量，連在尚未成熟的孩提時代都能精準掌控。

這樣的葉月現在竟然會力量失控，讓華難以置信。

「也就是說，葉月的情緒不穩定到讓她的力量失控嗎？」

術者的力量大幅受心情左右，這是術者眾所皆知的知識。

正因如此，除此之外想不到其他理由。

但早已離開一瀨家的華，根本不可能知道最近在葉月身上發生什麼事情。

『主子大人，很在意嗎？』

梓羽直言不諱的提問，讓華露出苦澀表情。

「是啊，當然……」

離開一瀨家時，還想著再也與那個家沒有關係了，但只要牽扯到葉月果然還是會很在意。

如果是關於雙親，也只會有「啊，這樣喔」的感覺；或許因為兩人是雙胞胎吧，即使要自己別在意仍無法克制在意。

但就算自己現在插手，也只會被葉月用一句「妳來幹嘛」趕跑吧。

華已經不被允許關心葉月了。

因為是華自己拒絕了這個權利。

「該怎麼辦才好呢……」

哥哥柳或許知道些什麼。

但華也已經很久沒和柳對話，當然不知道他的電話號碼。

就算知道號碼，華也不知道該怎麼開口問哥哥。

而且華也不認為幾乎不回家的柳會知道葉月的近況。

最大的問題應該在於兄妹間的關係淡薄，但事到如今說這些也沒意義。

「啊，無計可施了啦。」

華相當確定葉月會心情不穩定到力量失控的原因，就出在一瀨家上面準沒錯。

只把孩子當道具的那對雙親，肯定強迫葉月接受什麼難題了吧。

華就是因為無法忍受那對雙親而逃跑。

但葉月現在仍生活在那對雙親做出來的牢籠中。

一思考至此，華心中湧現難以言喻的情緒。

「明明，已經與我無關了啊……」

華雙手摀住眼睛。

彷彿為了不讓早已捨棄的情緒浮上表面。

到底該怎麼做才好呢？

華不知如何是好，無法動彈。

❀❀❀

結果一事無成上完課之後，為了轉換心情，華忘了朔曾交代她要小心，繞路回家。

路上有家咖啡廳有她很喜歡的聖代。

剛剛表情還那般的沉重，現在已經滿腦子都是聖代了。

「好想要快點吃到，可愛的聖代呦～♪」

邊唱著隨機創作的歌曲邊走，突然有人開口喊她。

「不好意思，請問妳是一瀨華小姐對吧？」

可愛的聲音讓華停下腳步轉過頭去，有位年齡相仿的女孩，像是畏懼著什麼，怯生生地，卻也用著強力視線注視著華。

微捲的栗子色鮑伯頭，微微下垂眼的面容，有誘人引發起保護欲的楚楚可憐感。

她身邊站著一位長相相似，給人運動選手感覺的黑短髮少年。

身高看起來比望稍微高一點。

看到兩人的華嚇得往後退。

並非兩人做了什麼，而是兩人背後有穿西裝的男人們，像護法般瞪著華。

華瞬間領悟，他們是不能扯上關係的人。

華轉了個方向狂奔逃跑。

少女對此驚惶失措。

「請、請妳等等！！」

少女邊大叫邊追上來，華彷彿表示「笨蛋才會乖乖等」地反而加快速度。護法們也整團一起追上來，讓人更加恐懼。

但很遺憾，華一下子就被少年逮到了。

華甩開他抓住自己的手，對方也很乾脆放開。

「妳為什麼要逃跑！」

終於追上來的少女，泫然欲泣地怒吼。

「呃，正常來說都會逃跑吧。」

她沒看見背後的那群護法嗎？

他們駭人得就算不是華也絕對會逃跑。

調整好呼吸的少女，態度畏怯卻也語氣強硬地對華說：

「我、我們有話要對妳說，請妳跟我們走。」

「不好意思，有人嚴正交代我不可以跟可疑份子走。」

華秒速拒絕，這讓少女情緒激動起來：

「我們才不是可疑份子。」

「每個可疑份子都這樣說。」

「真的不是啦！」

感覺之前也曾遇過類似場面，當華感受著有種既視感正準備離開時，又被少年抓住手。

華無言瞪對方，對方也面無表情地無言回瞪。

當兩人沉默地持續互瞪時，少女讓其中一位護法上前，搶過他掛在胸前的項鍊。

那是華也很熟悉的東西，她面露驚訝：

「那是術者協會的項鍊。」

其他護法們也高舉各自脖子上的項鍊讓華看。

幾乎都是白色與金色，也就是一色和二色，等級不高。

明明外表看起來有漆黑等級的魄力，有種期待落空感。

但是算了，說起證明身分的東西，項鍊有絕佳的效果。

「請問妳願意聽我們說話了嗎？」

「姑且算是吧，但我可沒放心。你們應該知道前陣子闖入協會的人吧？聽說犯人就是術者。」

「我、我們才不是！」

「那妳就證明這一點啊。」

華讓梓羽做好準備，只要他們有不軌舉動就要立刻逃跑。

看見華充滿戒心，少女非常傷腦筋地眼眶含淚。

「證明、證明……那個、那個……桐矢，要怎麼辦？」

最後，少女向仍抓住華手腕的少年求救。

被喚作桐矢的少年，從口袋中拿出手機，讓華看手機畫面。

上面有張朔，以及眼前這位少女站在朔身邊微笑的照片。

這讓華睜大眼睛。

「你們是朔的朋友？」

一問之後，少年第一次開口說話：

「我們是二条院家主的孫子，我叫桐矢，她是桔梗。請多指教。」

桐矢面無表情地有禮一鞠躬，華對此嚇傻了也跟著他一鞠躬。

「啊，我才是，謝謝你這麼有禮。」

就在回禮之時，腦袋迅速整理狀況。

「嗯，孫子？二条院家的？」

「嗯，對。」

「這樣啊……哈哈哈……」

真的只能笑了。

要是讓朔知道她衝著五大家族之一、二条家的嫡系喊可疑份子，肯定會被朔教訓。

「這樣就算做出證明了吧？可以請妳和我們走嗎？」

看起來相當沒有自信，甚至讓人不禁想問「妳為什麼這樣怯生生的啊？」的少女，桔梗。

既然是二条院家的人就沒理由拒絕，華點點頭，讓隨時準備好可以發動法術的梓羽解除警戒。

接著，他們決定到華原本要去的咖啡廳談話。

總之先點了這家店最受歡迎的聖代，過了一會兒，飲料先送上桌。

華、桔梗和桐矢坐的座位旁，被護法們完全包圍。

這畫面非常詭異。

這家店明明很受歡迎卻沒什麼客人，理由肯定出在他們身上。

從外面可看見店內狀況的窗邊被護法們佔據，路過行人也嚇一大跳。

華很擔心店家會不會罵他們妨礙營業。

喝個飲料鬆一口氣後，華提起正題：

「那麼，你們找我要說什麼？」

桔梗和桐矢彼此互看，看見桐矢等待桔梗開口說話的樣子，有話要說的似乎是桔梗。

「……手。」

「什麼？」

桔梗聲音太小了，讓華不由得回問。

「請妳和朔先生分手！」

「啊？」

不理會啞口無言的華，桔梗又繼續說：

「朔先生是相當優秀的人！以史上最年少之齡得到漆黑，年紀輕輕就當上家主，毫無問題地完成柱石結界的強化。身為術者身為男性都是最優秀的人，但他竟然娶妳、娶妳這樣的劣等生為妻。」

桔梗害怕華會生氣，邊窺探她的臉色邊說話。

「如果是妳的雙胞胎姊姊我也能接受，但如果要選妳，那我還更能為朔先生貢獻力量！」

「也就是說，妳喜歡朔，想要成為他的妻子？」

「那、那、那是、那個……」

桔梗紅了一張臉低下頭。

都說那麼大聲了，現在還害羞什麼啊？

「我也不是不能考慮喔？」

「咦，妳說真的嗎？」

桔梗立刻露出燦爛表情，但華也不可能簡單一句「對，是真的。」就解決。

「啊，但是啊……」

「有什麼問題嗎？」

「我現在和一瀨家是斷絕關係的狀態，所以朔提供我各種援助，也答應要替我安排工作。如果我和朔分手，這些也會全部不了了之，我沒辦法自己活下去。」

雖然將來有天會離婚，但華也認為現在無法馬上離婚。

話說回來，朔現在不知為何對華很執著，不等到朔失去興趣應該沒辦法離婚。

不管華怎麼說，朔是一之宮家主，擁有華無法相抗衡的巨大權力。

「所以說，應該無法離婚。」

就在華笑著說對不起想結束這個話題時，桔梗拿出寫上金額的支票和離婚申請書放在華面前。

桔梗對著嚇了一跳的華說：

「如果妳願意和朔分手，我就給妳十億。」

「…………」

在華被巨大金額嚇傻時，大概被解讀成無言拒絕，桔梗又繼續加價。

「那十五億。」

華還是沒有反應，桔梗於是一口氣拉高價格：

「三十億！」

「叮啷」錢幣敲擊的聲音在華的腦海中響起。

「我要在哪邊簽名呢～」

華迅速從書包中抽出筆，伸手接過離婚申請書，桔梗的表情也燦爛起來。

「桐矢，太棒了。」

「妳好棒妳好棒。」

桐矢面無表情地摸摸桔梗的頭。

桐矢從剛才到現在表情和聲調完全沒有變化，但看得出來他和桔梗感情很好。

華邊在心裡想著「和我們家真是天差地別呢」的同時，三十億圓這不合理的鉅款也滿滿地佔據華的腦袋。

「欸欸，名字簽這裡可以嗎？」

「對，就是那裡！」

「真的要給我三十億嗎？不是詐欺我吧？」

「當然！我賭上一条院家之名，一定會支付。所以妳也要確實在離婚申請書上簽名。」

「我簽我簽～我非常樂意簽名～」

「別樂意，妳這個蠢蛋！」

憤怒吐嘈聲響起的同時，「啪」的清脆聲響打在準備開心簽名的華的後腦勺上。

華的頭差點一把撞上桌面，但千鈞一髮之際閃過了。

到底是哪個傢伙這樣不客氣地打別人的頭啊，轉頭一看，只見額冒青筋的朔站在面前。

「呃，是朔。」

「妳『呃』什麼！我聽到隨行護衛報告妳被二条院本家的人纏上，百忙之中抽空來……」

眼神兇惡的朔搶走華手上的離婚申請書，當場撕得稀巴爛。

「啊啊～我的三十億啦啦啦啦！」

「別被錢蒙蔽雙眼，妳這個守財奴。」

朔再次輕打華的頭。

「妳在幹嘛！我不是交代妳上下學要搭車嘛！妳不僅沒遵守交代，還跟著陌生人走，老師沒有教妳就算給妳點心也不可以跟陌生人走嗎？」

「不用在我耳邊怒吼也聽得見啦！沒有辦法啊，三十億耶，是三十億！這只能當作被騙也要賭一把才行啊！」

「別賭一把，大笨蛋！一般來說都會覺得詭異而拒絕吧。」

朔撕破桌上的支票，華不禁哀嚎。

「我的三十億～」

「還不是妳的，放棄吧……比起這個，你們這是什麼意思——桔梗和桐矢？」

不理會哀號的華，朔眼神銳利地看著坐在對面的桔梗和桐矢。

「那、那個，朔先生……」

桔梗畏畏縮縮白了一張臉，桐矢表情不改地看著朔。

「我不知道你們對她說了什麼，但我完全沒打算和她離婚。」

朔斬釘截鐵一說，桔梗露出受傷的表情，但朔毫不在意地繼續：

「這場婚姻是一之宮家的事，二条院家的人沒資格插嘴。如果你們要繼續糾纏華，我就會以一之宮家主的身分，向二条院家主提出抗議。」

「咿嗚，對爺爺、爺爺說？」

「……」

朔一說完，桔梗表現出強烈驚慌態度，而桐矢也首次厭惡地扭曲表情。

在華感動著「他也會有表情嘛」之時，朔拉著華的手往店門走去。

途中正好遇到華點的聖代送上來，華想要留下來也被朔拖著走。

「朔等一下，我的聖代。」

「放棄。」

「不要啦～」

朔不由分說地將華拉出店外，把她丟進停在店門前的車子裡。

身體到處撞來撞去，真心很痛。

「你也太隨便對待我了，溫柔點好不好。」

華不滿抱怨，但在朔一臉恐怖表情狠瞪下，只能閉上嘴。

「全都是因為妳在這忙得要死的時候還要惹麻煩，妳不能乖一點嗎？」

「你這話很不合理，是他們找上門的，我只是想要乖乖去吃個聖代而已耶。」

「這樣啊，但我看妳似乎喜不自勝地想在離婚申請書上簽名啊？」

「那是……那個啦，就那個……」

華想不出好藉口，視線四處游移。

朔從旁伸出手來捏住華的下顎，直接掠奪她的紅唇。

華想要往後逃，但彷彿看穿她的心思，朔的另一隻手放在華的後腦勺上，堵死她的退路。

這麼一來，華也無從抵抗，只能任由朔放肆貪婪索求。

盡情享受濃情深吻後，慢慢離開的朔不懷好意地揚起嘴角。

方才的不悅彷彿假象，他現在看起來十分愉快。

「笨蛋朔……」

呼吸急促且滿臉通紅的華，光如此抱怨已經費盡全力。

「但妳不討厭，對吧？」

笑容傲慢的朔真令人可恨。

正如朔所說，被他看穿自己並不討厭，令華感到不開心。

華用手背擦嘴表現最起碼的反抗。

「妳這樣就算是我也會受傷耶。」

「明明就是你不好！你那樣……」

回想起剛剛的親吻，快要消退的熱度又全回到臉上。

「很舒服嗎？」

「笨蛋！」

如果手邊有武器，肯定直接朝朔的頭頂打下去。

「嗯，但我沒有開玩笑，盡量別外出。」

聽到朔的聲音突然變得認真，華的表情也認真起來。

「狀況這麼糟糕嗎？」

「已經有數名術者遭到毒手了。」

華不禁屏息。

「對方不惜任何手段，最危險的是五大家族的人，我才剛特別提醒母親他們而已。」

「那你不是也很危險。」

「妳以為我是誰，我可是最年輕取得漆黑的天才，妳不用替我擔心。」

朔表現出從容不迫的模樣，但這並無法拂去華的不安。

「妳要乖乖的啊。」

朔微笑，接著輕輕印下溫柔一吻後走出車外。

「朔也要小心。」

華想不出其他更體貼的話，只能說出平凡無奇的話語，但朔很開心地笑了。

「我會。」

車門砰地關上，車子留下朔後駛離。

華很不安地向後方看著朔，直到再也看不見他的身影。

❀❀❀

桔梗和桐矢突襲後幾天，這天才一到學校，鈴十分興奮地跑過來。

「華華，我跟妳說我跟妳說～聽說今天三年級A班，有從別區的黑曜學校來的轉學生耶。」

「是喔。」

「華華好冷淡喔～」

鈴不滿地嘟起嘴來。

「我才想問妳為什麼這麼興奮？既然是Ａ班，就跟Ｃ班的我們沒有關係啊。」

Ａ班學生只把Ｃ班學生當作劣等生，「別跟Ａ班扯上關係」、「和他們扯上關係絕對沒好事」……等等，對Ｃ班學生來說，「沒有特別因素不會靠近Ａ班教室」是大家的默契。

Ａ班學生不把Ｃ班學生放在眼中，他們也不會主動來接觸。

「因為聽說轉學來的是二条院家嫡系的雙胞胎耶，和華華妳們一樣是雙胞胎。而且說起二条院家的雙胞胎，聽說是名列下一代家主候選人的人耶，妳知道嗎？可能會成為下一代家主的人，不覺得很厲害嗎？」

「是喔。」

吱吱喳喳相當興奮的鈴，和極度不感興趣的華，兩人情緒相差甚劇。

也難怪鈴會如此興奮。

對基層術者來說，五大家族家主等於高高在上的人。

他們是理所當然集欣羨與憧憬於一身的人。

仔細觀察周遭，教室裡似乎正興奮討論著即將要來的轉學生。

只要出生在術者家族，絕對得就讀黑曜學校，五大家族的各地區皆有分校。華所就讀的正式全名為「黑曜第一學校」，而這次二条院家的雙胞胎是從黑曜第二學校轉學過來。

「可能是比想像中還普通的人喔？」

「對一之宮家主之妻的華華來說，可能不是那麼值得驚奇的事情啦～」

「沒有，我也沒見過朔以外的五大家家主啊。」

「是這樣嗎？」

「是啊，啊～但我不久前見到二条院家主的孫子們了，我記得好像叫桔梗和桐矢。」

說完名字的瞬間，鈴驚訝地抓住華的肩膀。

「華華，轉學生就是他們兩個啦！」

這次連華也睜大眼睛。

「什麼，真的嗎？」

這是繼聽到鈴交男友後的衝擊性消息。

除了驚訝那兩個人原來是雙胞胎的同時，也湧上「完全看不出來他們是被當作下任家主候選人看待的強大術者耶」的想法。

特別是態度畏畏縮縮的桔梗，完全無法想像她能擔綱家主一職。一族之主那樣總害怕著什麼，底下的人也會很不安。果然像朔那樣充滿自信又不可一世的人，才適合當家主。

嘈雜不已的喧囂，也在鐘聲響起、導師走進教室後安靜下來。

班會順利結束後，開始第一堂課。

先前只要開始上課就同時進入睡眠時間、毫無幹勁的華，最近開始乖乖寫筆記。

老師看見華醒著認真抄寫筆記，竟感激涕零地表示「妳終於願意拿出幹勁來了啊」，C班的各科任課老師皆感到無比震驚。

由此可知華先前有多麼不想要當術者。

最近忙得幾乎很難見上一面的朔對華說，下次考試若是拿不到平均分數，就要立刻向美櫻告狀；為了逃避美櫻的特別指導，華可謂卯足全力。

上完課一到下課時間，華向鈴借筆記本抄寫先前偷懶的部分。

「華華妳幹嘛突然這麼認真念書啊？」

「在下次考試結束之前，我要變成認真魔人，無論如何所有科目都要拿到平均分數以上。」

「咦？那應該不可能吧。」

來自摯友的痛擊，削弱華好不容易湧上來的幹勁。

「鈴～」

「因為華華自從入學以來，所有考試都不及格啊。」

「嗚，妳別把這說出來啦。」

華在國中以前，為了得到雙親誇獎而日以繼夜認真念書，所以成績還算不錯。

但自從看破一瀨家之後，感覺再怎麼努力也沒意義，便開始隨便應付學業。

在這之中進入黑曜學校後如願編入C班，雙親僅存的米粒大小的期待也消逝得無影無蹤，從詛咒中解脫的華報復性地大玩特玩，不用特別隱藏，她的成績可說一落千丈。

雙親一開始相當憤怒，但他們的關注馬上轉到葉月身上，華也仗著這點，不想好好上課也不再念書了。

這樣的華，每次考試不及格也是理所當然。

華的腦袋還算聰明，但很明顯知識不足。

「真的很傷腦筋耶！再這樣下去，我會倒大楣的。」

華從沒像現在這樣如此後悔和朔結婚。

「鈴，教我。」

「什麼，我沒辦法啦，我的成績也不好啊。而且妳不是有個念A班的姊姊嗎？」

「要是我能找她，早就去了。」

鈴似乎沒聽見華的喃喃自語，不禁歪頭。

「沒什麼，我和她不同教室，沒辦法去找她吧。」

「這的確是，對C班的我們來說，要去A班教室難度太高了。」

「就是這樣。」

好不容易讓鈴接受這個說詞，華鬆了一口氣。

華沒對鈴說過自己在一瀨家中所遭受的對待，也沒說過他們家人的關係早已分崩離析。

因此，鈴理所當然認為雙胞胎的感情很好。

而且加上葉月扮演資優生，還會態度自然地勸誡大家別說華的壞話，更加深鈴這種印象。

華也沒打算糾正鈴的誤解。

因為華明白就算這樣做，也只是無謂讓鈴多有顧慮而已。

「那妳拜託家主的弟弟看看？」

不知內情的鈴爽朗笑著說出語不驚人死不休的話。

不對，或許也沒那麼嚇死人不償命。

「弟弟是指望嗎？」

「哇，妳直呼他的名字喔？果然因為他是小叔？」

「啊～算是啦。」

直呼本家之人的名字，對鈴來說非常驚訝。

但如果華沒有和朔有所牽扯，別說直呼本家人的名字了，連認識的機會也不會有。

朔要華直接喊他的名字就好，望則沒有特別表示，只是華擅自用名字喊他而已。

再怎麼說，雖然是丈夫，華都對家主朔直呼名字了，喊弟弟的名字時還加上敬稱也太奇怪。

但望也沒抱怨，所以肯定沒關係。

「但話說回來，對耶，還有望啊。」

那個傲嬌隱性戀兄情結，只要巧妙拿朔當餌，他願意提供協助的可能性極高。

「把那個勾玉拿出來用的時機到來了嗎？但是啊。」

想到要請在華面前只有傲沒有嬌的望教自己念書，就讓華感到全身無力。

而且要是在家裡舉辦讀書會，這件事情傳進美櫻耳裡，可能會提早揭穿華的慘淡成績。

那就糟糕了。

只有成績這項，絕對不可以讓美櫻看到。

被發現那天，就會當場確定必須接受美櫻特別指導了。

「糟糕，我可能無計可施了……」

在華抱頭煩惱之時，明明快到下一堂課的上課時間了，走廊卻喧鬧不已。

「發生什麼事了？」

「大概是男生在做蠢事吧？」

以為與自己無關、絲毫不感興趣的華，在下一個瞬間就無法置身事外。

「找、找到她了！」

在教室裡響起的大音量，連正在抄寫筆記的華也嚇得抬起頭來。

「啊。」

華看到來者後小聲驚呼。

在周遭騷動中，旁若無人走進教室來的，就是前幾天見過面的桔梗。

桐矢也跟在桔梗後面。

和不知為何泫然欲泣的桔梗不同，桐矢今天也一張不知在想些什麼的表情。

更令人驚訝的，連葉月也慌慌張張地跟在兩人後面進入教室，C班學生更為騷動了。

「咦？為什麼A班的人會來這？」

「而且那是一瀨同學耶，太幸運了。」

「那是傳聞中的轉學生。」

「哦，是喔，他們來幹嘛啊？」

不理會C班學生的竊竊私語，桔梗徑直朝華走過來。

「妳為什麼不是在A班，而是在C班這種地方啊？」

「就算妳問為什麼……我從入學起一直是C班啊。」

「身為朔先生的妻子竟然是C班，妳不覺得羞恥嗎！」

「完全不會。」

這原本就是起始於契約的婚姻，華沒有一丁點想為了朔奮發圖強的上進心。

現在努力念書也是為了自己，而不是為了朔。

「拜託請妳感到一點羞愧啊。」

「就算妳這樣說……」

華也很傷腦筋。

而且桔梗現在一臉泫然欲泣地逼上前來，看起來就像華在欺負她一樣啊。

「華華，妳對轉學生做什麼了嗎？」

看吧，鈴立刻投以懷疑的眼神。

「鈴，我什麼也沒做，請別誤會。妳也是，突然跑過來也太失禮了，我念哪班與妳無關吧？」

「是、是這樣沒錯……但是，一考慮到朔先生……」

「一之宮家的問題是一之宮家的事，朔不是這樣警告過妳嗎？」

「唔……」

對華不怎麼嚴苛的回答慌張起來，桔梗的眼眶開始泛淚，鈴立刻拋出責備的眼神。

「華華，妳這樣欺負她太可憐了啦。」

「我絕對沒有欺負她！她平常都是這種感覺。」

雖然沒熟悉到知道桔梗平常是什麼樣子，但之前見到她時，她始終一副沒有自信的模樣。

大概個性就是如此吧？

「不管怎麼說，妳也早知道我是劣等生了對吧？就是因為看不慣，所以前陣子才會跑來找我吧？」

「是這麼說沒錯，但我沒想到妳竟然差勁到念C班。我卯足幹勁走進A班教室卻沒看到妳，聽到望說妳是C班學生時，妳知道我受到多大的衝擊嗎？」

「誰理妳啊。」

「噢。」

華毫不留情地撇清關係，讓桔梗非常沮喪。

桔梗的眼睛水汪汪地蓄滿淚水，讓人都想吐嘈「妳是點眼藥水了嗎」。華看著桔梗，邊想著「跟某種東西感覺好像」這種無關緊要的事情。

接著，一直在旁靜觀的桐矢拍拍桔梗肩膀。

「走吧。」

言簡意賅說完，桐矢指指教室門口。

想開始上課卻不得其門而入的老師，正困擾地站在門口。

心中想著「既然你在就出聲提醒一下啊」的人，肯定不止華一個。

幹嘛假裝是空氣啊。

此時應該擺出教師的威嚴大聲斥責，但感覺老師不想責罵兩個二条院的家主候選人，在打壞兩人心情的利益得失心中掙扎。

黑曜學校是由五大家族營運的私立學校，身為受聘教師，面對二条院本家的兩人或許是沉重的負荷。

連應該是來阻止兩人的葉月也不知如何是好，一副不知所措的樣子，都不知道她來幹嘛的。

華久違地看著近在身邊的葉月，葉月也回看她。

兩人的眼神彼此交會，但葉月立刻別開眼。

彷彿被葉月否定了自己的存在，華心中湧起難以言喻的情緒。

很想詳問前幾天力量失控的事情，但看這情況，葉月應該不願意說。

明明同為雙胞胎，卻和感情要好的桔梗與桐矢完全不同。

但華的行為也是造就這種狀況的原因之一。

因為華捨棄了葉月，選擇了自己的安穩生活。

這樣的自己現在還有資格對葉月說什麼嗎？

「二条院同學，我們回教室吧。」

「好的，不好意思，不小心衝動跑過來了……」

大概有自覺造成各方困擾，在葉月催促下，不好意思的桔梗和仍然面無表情的桐矢一起離開。

終於可以開始上課了，但華也知道事情還沒結束，只能輕輕嘆氣。

第三章

桔梗和桐矢轉學過來後，華的校園生活產生了些許變化。

「華華，他們又來了。」

「什麼～」

感到有點厭煩的華朝教室門口看去，門口有位默默凝視著華的人。是桔梗。

自從知道華是C班學生後，桔梗只要一下課就會跑來，但也沒找華說些什麼，只是一直盯著她看。

一開始，既是A班學生同時還是二条院嫡系的桔梗成為了大家關注的焦點，但持續幾天後，C班學生也逐漸習慣，現在呈現「又來了啊」的狀態，把她當做空氣對待。

桐矢在桔梗身邊不感興趣地滑著手機。

既然一起來，就把她帶回去啊！桐矢到底是抱持怎樣的心情，陪桔梗做這種神祕行動呢？

比起來觀察華，和Ａ班學生交流應該更有建設性吧？

即使如此，桔梗仍對華十分執著。

就是如此喜歡朔吧。

但沒辦法讓朔看到這一面，完全只是桔梗的單方面行為，有種難以言喻的哀傷。

面對張著水潤大眼怨恨看著她的桔梗，華思量著「好像跟什麼很像……」，對了，是鈴帶在身上的松鼠式神。

在使用式神的實技課上，牠會張著水潤大眼懇求不想戰鬥，若是鈴不聽從牠的請求，牠就會用怨恨的眼神看鈴，兩者的表情一模一樣。

終於拿掉梗在心頭的刺，華感到神清氣爽。

就在此時，上課鐘聲醒起，桐矢有了動作。

「桔梗，走囉。」

「好……」

乖乖點頭的桔梗，依依不捨地看了華一眼後，回去自己的教室。

「真的是，到底來幹嘛的啊。」

如果有話想說，那就直說啊。

不對，是想說也說不出口吧。

因為朔警告他們要是糾纏華的話，就會向二条院家主抗議，所以不敢隨便亂抱怨。

也就是，如此害怕身為家主的爺爺。

因為沒見過面，華只能憑想像，腦海浮現跟美櫻同樣嚴肅的印象。

根據鈴的情報，他是位超過七十歲的高齡男性。

身為朔的妻子，關於五大家族的資訊卻比鈴還不了解這點，果然不太好。

再這樣下去，絕對必須接受美櫻的特別指導，華感到很不妙。

「可惡，我現在可沒時間分心其他事情耶，像那樣每節課都來看我，我想專心也專心不了啊。」

「就算不是那樣，華華也不可能拿到平均以上的分數啦，妳就放棄念書來玩吧！」

怎麼會有人帶著軟呼呼的笑容，吐露出這種惡魔誘惑啊。

「鈴～妳別這樣誘惑我，我要是考不到好分數真的會很慘。」

「沒用沒用～因為是華華啊，妳九成九會不及格。」

「無法否定讓我好痛苦……」

華抱頭苦惱，就算可能性很低也不能放棄念書。

「沒問題，我是只要努力就能辦到的孩子！……應該沒錯。」

加在最後的一句話，表現出華多沒自信。

彷彿要妨礙沒有退路的華，午休時間發生了狀況。

華在餐廳十分不得體地邊吸烏龍麵邊看課本。

在她小心不讓湯汁噴到課本上時，坐在對面的鈴很不高興。

「真是的華華，起碼在吃飯時就別念書了啊。」

「因為分秒必爭啊，考試已經快要到了耶。」

「是這樣沒錯啦。」

鈴對沒辦法和華聊天感到不滿。

「那考完試後，我們去哪裡玩吧？」

「哇，真的嗎！我好久沒和華華一起出去玩了，好開心。因為妳最近好難約。」

「對不起，因為朔交代我最近要有分寸。」

「既然是家主大人的命令，那就沒辦法了。」

只要搬出朔的名字，術者家族出身、從小接受「家主的命令絕對不能違抗」洗腦教育的鈴也只能接受。

「希望到時問題已經解決了……」

到現在還沒聽朔說起「搶回咒具了」之類的好消息。

看朔忙碌的狀態，大概得再花上一段時間。

還真是惹出麻煩的事件了耶，無法自由隨處亂晃的華累積不少壓力，湧現出對彼岸骷髏那些傢伙的恨意。

「我吃飽了。」

華吃完烏龍麵雙手合十後，起身要收拾餐具。

「啊，華華等等啦。」

「妳可以慢慢吃，我先回教室去念書。」

「唔，我還想跟華華聊天耶。」

華對鬧彆扭的鈴感到很不好意思地苦笑。

「妳要不要乾脆和我一起念書？」

「不要～」

看見鈴露出極度厭惡的表情，華也吐嘈：

「不對不對，妳將來想進術者協會工作吧？不是聽說協會會參考學業成績嗎？」

因為一半以上的畢業生都會登錄於術者協會，所以老師從他們一年級起不停耳提面命。

「那個歸那個，這個歸這個啦。」

鈴逃避地輕輕別開視線。

看來她即使心裡明白也不想念書。

「而且我的志願是後方支援，所以沒問題！就算成績不好也會有辦法的。」

不知哪來的自信，鈴自信滿滿地斷言。

接著……

「術者的世界才沒有那麼簡單。」

如此譴責鈴的人，是總保持一段距離看著華的桔梗，她們完全沒發現她不知何時來到身邊。

桐矢理所當然地跟在桔梗旁邊，不知在想些什麼的黑色眼珠看著這裡，正確來說是看著鈴。

「協會的術者包含後方支援人員在內，大家都是賭上性命保護國家，妳這彷彿愚弄大家的想法，讓我無法苟同。」

平常沒自信的模樣上哪去了？從表情可以看出桔梗很生氣。

鈴輕視術者的發言，踩到桔梗的地雷了嗎？

「妳也是術者家族的人吧？卻說出『後方支援所以沒關係』這種輕視的話，身為統帥術者的五大家族之人，我絕對無法原諒妳。」

被桔梗斥責後，鈴縮起身體道歉：

「我沒有那個意思……是我太輕率了，真的很對不起。」

看見鈴縮成一團道歉，桔梗馬上回應：

「妳理解就好，我才是，突然插嘴真是抱歉了。」

桔梗朝鈴深深一鞠躬，鈴也慌慌張張起身回敬一鞠躬。

「啊哇哇，我才是，對不起！」

看見兩人互相鞠躬，華事不關己想著「這是在幹嘛」，但在桔梗抬起頭來注視著華之時，狀況出現改變。

「華同學，我果然還是沒有辦法認同妳，我無法接受朔先生的妻子是C班學生。」

「呃，我不需要妳的認同也沒關係。」

朔需要華幫忙強化柱石的結界，只要華理解這點就好。

不管桔梗怎麼說，一之宮家的人都已經認同華。

雖然有望這個例外，但他只是耍傲嬌而已，不成問題。

「我想知道朔先生為什麼選擇妳。」

「所以妳想怎樣？」

桔梗展現出讓人感到強烈意志的毅然態度，完全不見她平常畏畏縮縮的模樣，讓華也跟著顯露警戒。

今天的桔梗似乎與平常不同。

「我要對妳下式神對決的戰帖！」

桔梗豎直食指指向華，在學生聚集的餐廳正中央如此宣言。

周遭的學生正觀望著事態發展、停下交談，所以桔梗的聲音在寧靜餐廳裡顯得特別響亮。

下一秒立刻騷動四起。

「不是吧？式神對決，不用比也知道誰會贏吧！」

「就是說啊，那個可是一瀨家的劣等生耶。」

「我記得她的式神是蟲吧？」

「如果找葉月同學還能理解，這輪贏太顯而易見，反而讓人同情起她了。」

像這樣等等的，大家說話毫不留情。

每個人都深信華是劣等生。

算了，全是因為華隱瞞力量、刻意創造出這種狀況，這也是無可奈何，但朔輕而易舉就看穿了。

擁有漆黑等級實力的人，可不是擺著好看的。

反過來說，代表包含教師在內，這學校裡沒人有能力看穿華真正的實力。

而據聞為二条院家家主候選人的桔梗和桐矢，也包含其中。

「不要。」

「妳無權拒絕，妳絕對要出戰，和桐矢對戰。」

「……」

不是和妳啊？如此在心中吐嘈的，肯定不只華一人。

「自己說要對戰，卻讓雙胞胎的另外一人上場嗎？」

「因為我討厭蟲子啊，光想到就起雞皮疙瘩。」

桔梗皺起臉來搓揉自己的手臂，看來似乎真的很討厭蟲。

但是，疼愛梓羽的華立刻露出不悅表情。

「梓羽是蝴蝶沒錯，但她可是非常美麗呢！妳看清楚她虹彩亮麗的翅膀！」

華讓梓羽停在手指上後湊到桔梗面前，桔梗立刻驚聲尖叫：

「呀！別靠近我！」

「真沒禮貌。」

華彷彿自己的孩子遭汙衊而感到憤慨，桐矢站到她面前：

「請多指教。」

桐矢說完深深一鞠躬後伸出手，華也反射性地握住他的手：

「喔，請多指教？」

下一個瞬間，桔梗眼睛閃閃發亮：

「妳剛剛答應桐矢了對吧！這表示妳接下戰帖了，對吧？」

「咦，沒有，我沒有那個意思。」

「不行，我不會讓妳逃跑。」

桐矢的臉部肌肉幾乎沒有動作，但他的態度十分有禮，讓華不小心隨之反應。

也因此讓桔梗湧現十足幹勁。

為什麼雙胞胎的桐矢沒有同樣變個不停的豐富表情呢？這是個很大的疑問。

這對雙胞胎個性迴異，讓人不禁懷疑他們真的是雙胞胎嗎？

但華也沒資格說別人就是了。

華和葉月，雖然長相相似，但無論是誰都認同兩人的個性相差甚遠。

「我們現在立刻去操場吧。」

「別開玩笑了，我才不幹。」

「不，我絕對會讓妳應戰。就算妳拒絕我也會去拜託校長，只要稍微威脅一下他肯定會許可。」

「妳長這麼可愛，做法還真卑鄙。」

「現在可沒有選擇手段的從容！」

面對泫然欲泣反駁的桔梗，華只能舉雙手投降。

看向四周想要求救，但面對二条院，不可能會有勇者願意伸出援手，正當華感到窮途末路時，眼角餘光看見望。

「哎呀呀，在那裡的不就是望弟弟嘛～」

望皺起臉來，明顯表現出「被討厭的人盯上了」。

華不理會望感到很麻煩的眼神，朝他跑過去，並把手放在他肩膀上：

「你柔弱的嫂嫂遇上麻煩了，你當然願意幫忙，對吧？」

「誰理妳，妳自己看著辦，與我無關。」

望冷淡地揮掉華放在他肩膀上的手，轉過身就想走出餐廳。

華看著想要離開的望，不感焦急，反而露出可說是兇惡的笑容，從口袋中拿出白瑪瑙勾玉。

「唉～太遺憾了，我還想如果你願意幫我，我就要把這個和朔一樣的勾玉送給你當作謝禮耶……這個勾玉，是用可以加深兄弟感情的白瑪瑙製成的呢，真是太遺憾了～」

華十分刻意地說著。

逐漸走遠的望氣勢十足地衝回來。

華咧嘴邪笑。

「真的嗎？」

「咦～你問什麼？」

明明知道望在問什麼卻佯裝不解，望表情恐怖地湊到華面前。

「妳說哥哥也有相同的東西！」

雖然口氣不好，但這聲音微弱地近乎呢喃。

大概不想讓旁人知道他有戀兄情結吧？包含這點在內，還真是叫人愉快呢。

「真的啊，朔把那和墜飾掛在一起，你沒看到嗎？」

「是那個啊！」

望似乎有印象，露出恍然大悟的表情。

「對啊對啊，和那個勾玉一樣的勾玉。可以加深兄弟感情的白瑪瑙，你們兩個都有，肯定能讓效果加倍。」

華強調似地對望竊竊私語。

「加深兄弟感情……」

受這點強烈吸引的戀兄情結者，眼睛果然無法離開華手上的白色勾玉。

望的視線隨著勾玉左右移動。

華停下移動勾玉的手，將其拉高與望的視線平行。

「想要嗎？」

「妳想要什麼？」

看見望已經不打算對自己隱瞞戀兄情結這點，華拚命忍笑。

「為了幫助寶貝嫂嫂，你可以代替我應戰嗎？」

望看了桐矢一眼之後又回到華身上，接著揚起嘴角。

「好吧。」

望站到桐矢面前，伸出食指直指著他：

「我來當你的對手！」

聽到望高聲宣言後，華也在旁鼓譟：

「好棒，真不愧是體貼嫂嫂的好弟弟！」

對此感到慌張的，是先說要對決的桔梗。

「喂，請等一下！這和剛剛說的不一樣。」

「妳在說什麼啊，既然妳找人代理，那我們這邊找人代理，妳也不能抱怨吧？」

「唔，是沒錯……」

望反駁之後，桔梗無法回應。

「而且話說回來，這是對一之宮家媳婦下的戰帖，那就由家主之弟的我來接下。」

「咦、那個，桐矢，怎麼辦啦？」

事情朝自己意料外的方向發展，桔梗泫然欲泣地抓住桐矢的手。

桐矢安撫地拍拍桔梗的頭。

「這是妳提出來的，沒有辦法啊。」

「怎麼這樣，連桐矢也這樣說。」

「而且可能已經無法阻止了。」

桐矢說完後看向周遭，無關的人早已興奮不已。

「哇塞，一之宮和二条院嫡系對戰耶！」

「馬上就要對決嗎？下一堂課要怎麼辦啊？」

「當然翹課啊！錯過這次，這輩子大概再也沒機會看到了耶。」

「糟糕，我超級興奮的！」

「笨蛋，你興奮幹嘛啊。但我懂你的心情，我們快把飯吃完。」

「喔！要不然佔不到好位置。」

剛剛的寧靜彷彿一場夢，周遭的人興奮地開始動起來。

有些人急忙吃午餐，有些人拿出手機通知不在場的學生，有些人往操場跑去搶好位置。

逐漸演變成超乎華等人預料之外的大事件。

就算桔梗現在也無法說出「還是算了」。

「看來非戰不可了。」

「噢嗚嗚，如果不是華同學出戰就沒意義了啊～」

和哀嚎的桔梗相反，大家關注的焦點不是在自己身上，而是往望與桐矢的對決上移動，讓華鬆了一口氣。

「喂，我代替妳出戰，妳可別忘了我的酬勞。」

「我知道啦，等你贏了之後……呵嘿嘿。」

華咧開嘴，露出富含深意的惡代官[1]笑容。

望不僅不覺得她的笑容噁心還很滿意，接著轉過頭去看桐矢。

「麻煩事就要快點解決，去操場吧。」

桐矢點點頭跟在望後面走，垂頭喪氣的桔梗，和開心矛頭指向其他方向的華跟在後

註1　代官：幕府的官僚制度。

頭。

場景轉到操場上。

原本課程中就有式神互相對戰的實技課，操場上也有為此準備的場地。學生們聚集在單單用白色框線框起的場地旁，因為人群太多，看不到的學生就聚集在可眺望場地、校舍二樓以上的窗戶旁。

根本沒人抱怨下午的課該怎麼辦。

因為無比期待的觀眾當中，不僅能看到老師，連校長的身影也在其中。

大概全校學生都在觀賞這場對決。

好像變成了全校共襄盛舉的一大活動，已經沒人有辦法阻止了。

而且視野最好的地點，還被新聞社的攝影師和記者占據，明天校內新聞的頭版應該就是今天對戰的內容。

「為什麼會變成這樣……」

桔梗抱頭苦惱，雖然是她說出口的，但她似乎也沒想到會變成這麼嚴重。

造成如此大的騷動，這件事絕對無法避免傳進朔的耳中了。

已經被朔警告過的桔梗，現在胃肯定很痛。

雖然是桔梗自作自受，但或許送個胃藥給她比較好。

『主子大人覺得誰會贏？』

梓羽的聲音混雜在喧囂聲中，只有華聽得見。

「這個嘛，如果對手是朔，不用說當然是朔會贏，但現在是望啊。」

望之前和華對決時，無法傷及梓羽分毫，輕而易舉地輸了。

望在華心中的評價不太高。

加上又聽到A班的榜首是葉月，第二名以下的成績又拉低了望的評價。

與之相對，根據鈴帶來的消息，桐矢是下任家主候選人之一。

雖然不清楚他實力高低，但只從他內含的力量來判斷，感覺和望不相上下。

感覺身為家主候選人卻不是很強。

還是說，他跟華一樣隱藏著自己的力量呢。

「桐矢根本一團謎，完全搞不清楚。」

兩人站在場地中互相對峙，望為了得到和哥哥相同的勾玉而鬥志滿滿，和望不同，根本看不出桐矢到底有沒有幹勁。

他只是呆呆地看著天空飄浮的雲。

「嗯～真的搞不清楚是怎樣的人，實在難以理解……」

和想什麼全表現在臉上，非常好懂的桔梗正好相反。

因為摸不著桐矢的個性，也無法想像他會怎樣對戰。

雖然華很煩惱，但應戰的人是望，說和華沒關係也是沒關係，但就很在意。

就在這之中，兩人已經做好對戰準備了。

擔任評審的，是聽到對戰會比任何人還要興奮，連大腦都由肌肉組成的體育老師。

隔著衣服也能明顯看出的壯碩肌肉，是其魅力所在。

雖然是無關緊要的資訊，別看他那樣，他的等級可是三色的紅色，由術者協會派遣而來、經驗豐富的術者。

因為大腦裡全是肌肉，肯定會做出公平判決。

「準備好了嗎？雙方將式神召喚出來。」

「紅蓮，出來。」

望一呼喊，望的老鷹式神現身在空中盤旋。

「雲雀。」

桐矢喊出名字後，美麗的黑豹隨之現身，撒嬌地磨蹭著桐矢的手。

可以看出桐矢撫摸黑豹時，嘴角微微彎曲。

「喔，桐矢的式神是豹啊。」

從牠身上感受到的靈力確實很強。

但認識最強術者的華，都還是會拿來和朔相比較。

果然還是不認為他能被選為家主候選人，華不禁歪頭。

雙胞胎另一半的桔梗也是相同。

在Ａ班中確實很強，但這果然因為他們是五大家族的人，連朔都費盡千辛萬苦才弄好守護柱石的結界，讓人不禁懷疑他們真的能辦到嗎？

但二条院的繼承人問題與華無關就是了。

「開始！」

就在華呆呆想著其他事時，開賽的口令讓她回過神來。

才剛開始，望立刻出招。

「紅蓮！」

在空中盤旋的紅蓮急速下降，攻擊黑豹。

但黑豹彷彿看穿牠的行動，扭轉柔軟的身體閃躲跳開，想用銳利爪子抓傷紅蓮，但紅蓮口中吐出法力，回敬牠的爪子。

攻擊互相抵消，紅蓮逃往對自己有利的空中場域。

接著，從空中朝地面發射數發法力攻擊。

黑豹腳步輕盈地閃避，沒放過紅蓮飛低的時機，現出獠牙。

紅蓮翻身迴轉閃過，且反過來成功用爪子刺中黑豹的身體。

「吼！」

黑豹痛得無法採取受身姿勢直接墜地，但牠立刻調整好姿勢。

原本打算趁勝追擊的紅蓮看見後，立刻轉頭朝上空飛去。

觀賞兩個式神你來我往對戰的群眾大為興奮。

「嗚喔喔喔喔！」

「果然精彩啊！」

「真不愧是五大家族的人，和我們完全不同。」

「就是說，你看式神的那個動作，超帥的耶～」

周遭投以尊敬目光。

老師們也相當欽佩，甚至還有人鼓掌。

在這之中，新聞社的攝影師為了要拍下最好的照片，跟狗仔一樣不停按快門。

「可要拍個好照片啊！」

「包在我身上啊啊啊。」

可能比任何人都有幹勁。

華縮到角落去避免妨礙他。

接著，桔梗也和華一樣和比賽拉開距離，走到華身邊。

「妳不用看雙胞胎比賽嗎？」

不知為何鬧著彆扭的桔梗嘟囔著：

「……太卑鄙了。」

「什麼？」

「說妳把別人拖下水自己逃跑這件事！我明明是想要知道妳真正的力量耶。」

大概對事情無法如願發展相當不滿，桔梗不甘心地抿緊唇。

看見桔梗這樣，華露出傻眼表情。

「不是，隨便把我拖下水的是妳吧，妳哪來的臉說這種話？」

華不留情的吐嘈讓桔梗眼睛開始泛淚。

「但是一般來說，應該會為了得到認同而行動啊？我看不到妳想為了朔先生努力的氣魄，所以才會強硬拉妳出來，想說能讓妳拿出幹勁，卻變成連我也一頭霧水的狀況了。為什麼會變成跟望同學對戰啦！」

雖然理解桔梗想表達什麼，但最後已經算遷怒了。

「話說回來，為什麼我需要得到妳認同？」

「咦？因為如果不那樣……」

「如果不那樣，傷腦筋的是妳對吧？因為我是劣等生，妳就永遠無法放棄朔？但這不該來找我，應該是妳自己的問題吧？」

啞口無言的桔梗如迷途羔羊般游移視線。

「如果妳喜歡朔，去向他告白不就好了？像這樣，聽朔說出他的心情，我認為這也對妳比較好喔。」

像是這樣強逼華戰鬥，完全搞錯方向的行為還有意義。

更正確來說，華不想被她繼續糾纏。

要是她每次都說要對戰也讓人傷腦筋。

「告、告告告告告……」

姑且把「妳是公雞嗎？」的吐嘈忍下來吧。

紅了一張臉的桔梗，讓人都不禁同情起來，她極度驚慌失措地用雙手摀住臉。

「如果妳有給我三十億支票的行動力，把這個用在朔身上應該更有建設性吧？」

「辦不到，辦不到！」

桔梗瘋狂搖頭，幾乎要把她的脖子搖斷了。

「但是，我和朔分手之後，妳就真的能滿足嗎？如果葉月成為他的繼室，妳就能認同？我不這樣認為，說來說去，妳應該都會找下一個缺點，然後說著『要是我，我就會為朔這樣做了』之類的吧？」

「那是……」

「嗯，妳應該不想聽身為朔妻子的我說這種話就是了。」

華說完後聳聳肩。

「但是，就算妳攻擊我，妳的心情也不會因此開朗吧？」

華暗示她「妳是不是搞錯表達心意的方向了？」

「……」

桔梗低下頭沉默不語。

在那之後，歡聲雷動。

「好厲害好厲害！一之宮贏了！」

「一之宮同學好厲害！」

「不對不對，二条院也很厲害啊。」

看來，在兩人躲在一旁說話時，已經分出勝負了。

而且還是望獲勝，真令人驚訝。

這可得大大誇獎他一番，但他肯定會說著「不需要」而拒絕。

華丟下安靜不語的桔梗，朝望走過去。

好像在不知不覺中進行了一場激烈對戰，場地被挖空了一大塊，地面還有裂痕。

「嗯～早知道就該認真看比賽了。」

五大家族嫡系之間的對戰可不是常常能看到，不同班的華更不用說了。

戰鬥結束，觀眾也逐漸解散中，望蹲在地上。

大概耗費相當多的力氣，感覺他有點憔悴。

「還好嗎？」

「妳讓人出來對戰，自己跑哪去了啊！」

望失去平時的氣焰，還真罕見呢。

「對不起對不起，我想說難得有攝影師來拍照，要是妨礙人家就不好了。」

「那種事情不需要理會，他們就是隨時隨地都會冒出來，是跟鬣狗沒兩樣的東西啦。」

望對新聞社的評價真毒辣，或許過去曾發生過什麼事吧。

「但話說回來真虧你能獲勝，聽說對方是二条院下任家主候選人耶！」

「就因為是二条院家，我才有辦法驚險獲勝。」

「嗯？」

對五大家族一點也不了解的華歪過頭，望傻眼看著她。

「妳是一之宮家的媳婦吧！為什麼我這樣說了還聽不懂？」

「又沒辦法，我現在正在學習中啊——所以說，為什麼？」

望面露超越傻眼的表情嘆氣，開始簡單說明：

「二条院家擅長的是咒具製作，雖然也需具備強大的力量，但那並非要成為家主最必要的能力。」

「也就是說，那對雙胞胎不是力量強大，而是製作咒具的能力驚人，才會被視為家主候選人囉？」

「大概如此。實際上，對於妳隱瞞起來的力量，哥哥有所察覺，但他們卻毫無知覺。如果是其他五大家族的家主候選人，應該會出現不同的反應。」

總覺得望看起來很不甘心，大概因為他也無能感知華真正的實力吧。

正當華以為望仍在意戰敗的事情，望朝她伸出手。

華反射性地回握，是勝利的握手嗎？

「嗯。」

「不是！」

被望一掌揮開，讓華嘟起嘴來，望再次伸出手：

「東西。」

「東西？」

華頭上冒出「咦？是在說什麼？」的問號。

望看見她的反應後額冒青筋大吼：

「勾玉啦！」

「啊啊！對耶對耶。」

完全忘得一乾二淨的華，把作為成功酬勞的勾玉放在望手上。

望十分珍惜地雙手捧住勾玉，一臉幸福的表情。

「你明明這麼喜歡你哥哥，幹嘛老是說些討人厭的話啊？」

「才、才沒那回事！」

「現在隱瞞也來不及了啦，你那副表情早就全被看穿了。你老實點對待朔，他應該也會很開心。」

「……被我這種人喜歡，對哥哥來說也只是麻煩而已。」

「為什麼這麼說？」

「因為我只是哥哥的負擔……」

從望口中傾吐出的這句話，聽起來像在責備他自己。

「我明明是一之宮嫡系卻如此糟糕，這種弟弟肯定只是哥哥的恥辱。我是連當對手都不夠格的瑕疵品。」

望露出沮喪的陰沉表情，低下頭。

他的表情讓華和過去的自己重疊，喚醒討人厭的回憶。

家裡的劣等生。

比姊姊差勁的妹妹。

令一族蒙羞的負擔。

這些全都是華曾經被說過的話。

華深呼吸，揮趕從背後襲捲而來的東西，讓自己冷靜下來，接著朝望頭頂一記手刀。

漂亮擊中要害的攻擊，讓望抱著頭痛苦掙扎。

「唔，妳幹嘛啊？」

望因為突如其來的攻擊大怒，華接著抓起他的胸口，對他頭槌。

但這也讓華受創，兩人感情要好地一起抱頭悶哼。

「唔唔～」

「妳到底想幹嘛啦！」

「還不是因為有小朋友說了蠢話，我是在教訓你。」

「妳說誰小朋友啊！」

「我說你有那種想法就是小朋友啦！」

華痛得眼泛淚光，向望瞪去。

「我不知道你有什麼誤會，但朔才不是那種心胸狹隘的男人。」

華如此怒吼後，望無法反駁地沉默不語。

「是朔說的嗎？說你是負擔，說你沒用！」

「哥哥才不會說那種話！」

「對啊，就是這樣！你明明很清楚嘛。」

望搞不懂華到底想表達什麼，露出十分困惑的表情。

「朔是充滿自信、狂妄且唯我獨尊，但他不會說出那種傷人的話。比朔差勁？連對手也不夠格？那還用說！朔之所以能那樣充滿自信，全是因為他付出了相對的努力，而且他有超越這些的強烈責任感，他可是用他的手守護著國家的未來耶！」

以結界師身分守護柱石的一之宮家主。

在無人知曉的地方，支撐著國家。

他的雙手到底承擔著多麼沉重的責任呢？

華完全無法想像。

「朔只會在意身為一之宮家主的責任與義務，他才不會去和別人比較，想分出誰輸誰贏。他腦袋裡只有保護大家，他身為術者的覺悟和你完全不同。」

望很不甘心地咬嘴唇。

「如果是朔，要是有你這樣躊躇不前的閒暇，他肯定會拿來努力鍛鍊法術的精準度。因為他是守護柱石的一之宮家的人，而他保護的人當中，肯定也包含身為弟弟的你在內。」

「……唔！」

「朔怎麼可能對弟弟感到羞愧，像他那樣情深義重的人可是很罕見的耶。」

雖然乍看之下看不出來。

但能為陌生人賭上性命的人，不可能是無情之人。

望胡亂抓住自己的頭髮，他的表情被手遮掩看不見。

沉默掌管了這個空間一段時間。

接著，望抬起頭。

「覺悟……這樣啊，我只是把自己與哥哥相較，但我身為術者的覺悟還不夠啊？」

望自嘲一笑，接著慢慢起身朝校舍走去。

華靜靜目送他離去，邊嘆氣邊起身，拍拍制服上的塵土。

「哎呀哎呀，照顧小朋友還真辛苦。」

下一刻，梓羽不知從哪翩翩飛來，停在華的指尖上。

『主子大人，辛苦妳了。』

「就是說啊。」

『但是，主子大人也沒資格說出這些話耶。』

「梓羽，妳別吐嘈這點啦。我回想自己說出口的話，也覺得我到底有什麼臉這樣說。」

劣等生，姊姊的殘渣，廢渣。

比誰都在意這些評價的人，就是華自己。

沒有絲毫術者覺悟的華高談術者的覺悟，連她自己也覺得羞愧。

「沒被其他人聽見真是太好了。」

身邊早已空無一人，剛剛已然成為華黑歷史的一幕，幸好除了望和梓羽之外沒被其他人看見，華打從心底鬆了一口氣。

那天晚上，難得見總是很晚回家的朔早早就回來了。

「該不會逮到那個恐怖份子了吧？」

「不，還沒。」

「這樣啊。」

「看妳很遺憾，我不在家很寂寞嗎？」

「完全不會。」

華之所以失望，是因為只要彼岸骷髏沒被逮到，或是沒找到咒具，華就沒辦法自由出門去玩。

但秒速否定造成了失策。

那個瞬間，朔露出抽搐笑容。

「喔，原來妳沒打算慰勞在外辛苦工作的老公啊？」

朔逐步縮短距離，華也跟著步步往牆壁退去。

「等等，你冷靜點。」

「我一直都非常冷靜啊。」

被夾在朔與牆壁之間的華最終無處可逃。

華十分焦急。

「獻吻迎接工作回家的老公，應該是新婚妻子的義務吧？」

「我還是第一次聽到有這種義務！」

「那就從今天起列為一之宮家的家訓。」

「才不需要那種家訓！」

「別多說了，快點為老公回家高興，親一個。」

在華思考著該如何從這壁咚狀態中逃脫時，「大哥！」望踩響腳步聲跑過來，在朔的身邊岔開雙腳站著。

「我、我……」

「望，怎麼了嗎？」

「我喜歡大哥！」

突如其來的告白，嚇得華和朔睜大眼。

「所以我會成為優秀的術者，當大哥的得力助手！因為我和大哥同樣是一之宮家的人！」

說完這句話後，望害臊地紅了一張臉逃走。

「那傢伙是怎麼了？」

「啊～大概就是從隱性戀兄情結畢業，變成一個單純的戀兄情結了。」

「聽不懂妳在說什麼。」

「我想也是。」

不懂望出現什麼心情上的變化，但放棄隱瞞的戀兄情結的弟弟表情神清氣爽，肯定沒問題。

華沒錯過扯遠話題的機會，從壁咚狀態中逃脫。

朔不滿地提起其他話題。

「話說回來，聽說妳和二条院的雙胞胎起爭執了？」

「啊，果然傳進你耳中了啊？」

「是啊，雖然不清楚為什麼變成望出戰，但我聽說大致狀況了。真是的，我都那樣警告桔梗了她還不理會。沒辦法，只好去向二条院家主提出抗議了。」

嘴上這樣說，但朔沉悶的表情顯現出他不太想這樣做。

「沒必要啦，我今天重重打擊她了。」

都說成那樣，桔梗今後應該也不會沒必要亂糾纏了。

「喂喂，拜託妳別做出我們反過來得向對方道歉的事情啊。」

「我還沒有出手，所以沒事，放心吧。」

華用力豎起大拇指。

「『還沒』是什麼意思？什、麼、還、沒！誰能放心啊！」

朔臉頰抽搐著大聲怒吼。

「話說回來，全都是你不好，你不是沒發現吧？桔梗的心意。」

「是，我有發現，但對方沒採取任何行動，我也不能有所作為吧？但她把行動力發揮在錯誤方向上，我也很傷腦筋。」

「罪惡的男人。」

「是啊，我可是最頂級的男人呢。妳也可以儘管迷戀我。」

朔頓時露出得意笑容，華邊踩他的腳，邊用銳利視線瞪著他說：

「快點去工作啦。」

❀❀❀

隔天，各教室的黑板上都大大張貼著校內新聞報。

『一之宮與二条院的少爺對決！』

『勝利女神對一之宮微笑！』

等標語躍於紙上。

華教室的黑板上也張貼著報紙，剛到學校的學生們全聚集在前面。

「華華也看到了嗎？」

鈴面帶軟呼呼的笑容，跑到才剛抵達教室的華身邊。

「嗯，剛剛新聞社的人要我轉交給家主，直接拿給我了。」

望的照片佔據一整個頭版。

明明只是校內社團活動，但這成品的水準還真高，華不禁感到欽佩。

朔看到會很高興吧。

在這之前或許得先給美櫻看。

即使是自己的孩子，感覺也不太會開口誇獎的美櫻，看到記述於報上的兒子勇姿，肯定也會說些誇讚的話。

「華華、華華。」

當華專心閱讀報紙時，鈴拍拍她的肩膀。

「幹嘛？」

「又來了耶。」

「嗯？」

和先前一樣直盯著華看的桔梗，就站在教室門口。

但模樣有些許不同。

確實是直盯著華看，但和之前充滿怨恨的眼神不同，現在是跟被拋棄的幼犬一樣不安的眼神。

華昨天說的話，可能狠狠刺中桔梗的心了。

但華也不清楚實際上怎麼一回事。

還想著桔梗又要一直看著華了吧，但她過不久就離開華的教室。

之前總是不到上課鈴響絕對不肯移動的。

華以為桔梗終於放棄而鬆了一口氣，但那天中午和鈴在餐廳用餐時，桔梗靜靜在華身邊坐下，華和鈴都嚇得睜大眼停下筷子。

桐矢也在桔梗對面坐下。

華訝異地看著桔梗。

「……有什麼事？」

「什麼事是指什麼？」

「沒有啦，妳為什麼坐我旁邊？」

「想要坐哪裡是我的自由。」

如果只聽她說話的內容會覺得說話帶刺，但桔梗的態度有點畏畏縮縮的。

華不停感受到她彷彿窺探的視線。

也不是不能不理她，但她欲言又止的樣子讓華先行投降。

「如果妳有話想說，就快點說。」

桔梗嚇得抖了一下，視線不安地游移之後，才終於下定決心開口：

「對、對不起……」

超乎預料外的道歉，連華也嚇一跳。

「妳突然怎麼了？」

「對不起，強迫妳出來對戰。正如妳所說，只要是和朔先生有關的女性，我全部都看不順眼！」

終於說出真心話了，但華對桔梗並未產生討厭的感覺，反而感到敬佩。

「朔先生一直是我的憧憬，無論身為術者還是身為男性，都是位優秀的人。只要朔先生繼任家主就無可避免一定得結婚，所以我拜託祖父，希望他可以從中協調，讓我可以成為朔先生的伴侶。」

「咦？是這樣嗎？」

華沒想到桔梗竟然曾做出這種舉動。

「但是，在向朔先生提議之前，祖父先阻止了我。他說我不夠格，因為我不具備能匹配上朔先生的力量……身為家主之妻的妳，應該知道理由何在。」

「嗯？啊——」

為了強化柱石結界，成為伴侶的人需要和朔擁有同等的力量。

就華看來，桔梗和朔的力量相差太大了。

如此一來，只會妨礙朔強化柱石的結界。

五大家族家主的婚姻，無法光靠喜歡就能成就。

「當我聽到朔先生結婚時，我想著對方肯定是力量相當強大的女性。我非常、非常在意到底是怎樣的女性，所以就讓人去調查。」

桔梗自然而然說出驚悚的事情，但她本人可能沒察覺。

不知不覺中遭人澈底調查，一般來說都不是讓人太愉快的事情。

桔梗沒發現華露出難以言喻的表情，又繼續說：

「然後啊，沒想到朔先生選的人不是以優秀聞名的葉月小姐，而是以劣等生這不好名聲而聞名的，雙胞胎的另一半。」

桔梗眼中蓄積的淚水隨時都會潰堤，桐矢安撫地摸摸她的頭。

「別哭。」

「我還沒有哭～」

真的是對感情要好的雙胞胎。

可以看見他們之間深厚的信賴。

如果自己和葉月也有這樣的連結，現在或許會有所不同吧？

看著同為雙胞胎的兩人，華心中想著如今早已無可挽回的事情。

「為什麼願意娶劣等生的妳，被視為家主候選人的我卻不行……我完全搞不懂，所以覺得肯定是妳握住朔先生的把柄。」

「如果真要說誰被握住把柄，是我才對耶。」

「是這樣嗎？」

「嗯，大概這種感覺。」

也可說被金錢蒙蔽雙眼。

「……所以突然要妳離婚時妳也一度接受了啊。而且因為妳太輕易就願意在離婚申請書上簽名，讓我更無法接受『為什麼朔先生要娶這種人為妻？』。」

「所以才這樣死纏爛打啊？」

「死纏爛打？」

桔梗受到嚴重打擊，但如果那不叫死纏爛打，什麼叫死纏爛打呢？

她本人沒自覺到這種程度，才教人嚇一大跳。

「嗚嗚，被這樣認為也無可奈何，我無論如何都想知道理由。為什麼朔先生要選妳，為什麼我就不行？」

「嗯，如果真要說理由，只能說因為朔是家主吧？身為家主的朔需要我的力量，僅此而已。」

「明明就是劣等生，這就是正妻的從容嗎！」

桔梗這次真的飆淚趴在桌上，華面露無奈。

看時鐘，已經到鐘響時間了。

餐廳裡幾乎沒學生，剩下的人也準備要離開。

還很悠閒的只剩華等人。

「鈴，妳先回教室。」

「華華呢？」

「沒辦法丟著不管吧？」

華瞥了一眼跟孩子般哭得抽抽噎噎的桔梗後對鈴苦笑，鈴也露出傷腦筋的笑容。

「說的也是，那我會找個漂亮的藉口跟老師說。」

「嗯，謝謝妳。」

朝離開餐廳的鈴揮揮手，華在空蕩的餐廳裡低語：

「展開。」

華張設了遮掩外人視線的結界。

如此一來周遭的人就看不見華他們，華的力量也不會洩漏出去。

突然張設了結界，淚溼臉頰的桔梗和桐矢都嚇了一跳。

「為什麼設結界？」

「因為我不太想讓別人看到。」

對滿頭問號的桔梗一笑，華呼喊隱身的式神之名。

「葵、雅。」

下一秒，葵和雅立刻現身。

桔梗看見人型式神出現睜大了眼，桐矢也露出明顯驚訝的表情，實在罕見。

「咦？華同學，他們是？」

「是我的式神，葵和雅。」

雅淺淺微笑著優雅一鞠躬。

葵只是帶著高傲的表情，沒有打招呼。

「但他們是人型耶！」

「是呀。」

「妳有兩個人型式神？」

「是呀，所以朔才會選我，因為我有足以與朔匹敵的力量。」

桔梗難以置信地交互看著雅和葵，一會兒之後她接受了現實，冷靜下來。

「這樣啊……原來從一開始的認知就錯了。為什麼妳要對周圍的人隱瞞這點？如果大家知道妳有人型式神，就不會有人說妳是劣等生了。」

「我想也是，但取而代之的是我會失去平靜的生活。很不湊巧，我還沒有那等覺悟。」

朔以前曾說過。

華無法永遠隱瞞自己的力量。

華也隱約察覺，她的實力總有一天會曝光。

到時，葉月和一瀨的雙親會有什麼反應呢？

可預料肯定會發展成麻煩的事態。

正因為如此，華想要掙扎到最後一刻。

「哎呀，先把這擺到一邊去，妳能接受朔選擇我的理由了嗎？」

桔梗眼神動搖地又看了葵和雅一眼後，悲傷地笑了：

「說的也是，我完全無力抗衡啊。因為我沒有足以讓朔先生認同我的強大力量。」

接著，桔梗朝華深深一鞠躬。

「至今帶給妳諸多麻煩，我再也不會做出試探妳的行為了。」

「能這樣就太感謝了。」

為此，她才會冒著危險讓葵和雅在學校裡現身。

「我能再拜託妳一件事嗎？」

「什麼事？」

「如果只是普通朋友，我可以對妳死纏爛打嗎？」

桔梗不安地由下而上窺探華的表情，華露出燦爛笑容朝桔梗伸出手：

「死纏爛打有點傷腦筋……嗯，但如果當朋友的話。」

桔梗表情變得燦爛，開心地握住華的手。

接著華讓葵和雅隱身，解除結界。

早已經開始上課，繼續待在餐廳會碰到來巡視的老師，所以他們分別回到自己的教室。

桔梗心情愉快地率先離開餐廳，華跟在她後面走時，桐矢拍拍她的肩膀讓她停下腳步。

「幹嘛？」

「雖然她是不成材的女孩，還請妳多多指教。」

桐矢說了這種新娘父親會說的話之後，深深一鞠躬。

希望大家可以原諒華反射性的吐嘈。

「不是啦，你又不是在嫁女兒。」

「我說錯話了嗎？」

「各方面都錯了。」

沒察覺自己發言哪裡不對勁的桐矢，歪著頭不解地跟在桔梗後面離去。

「果然是讓人難以理解的人。」

對桐矢這人的疑問越發增加了。

第四章

正式認可為朋友後幾天，桔梗每節下課都會來華的教室找她。

就跟先前一樣每節下課都來，但她的態度完全不同。

「華同學！」

她的模樣，彷彿見到主人無法隱藏喜悅而不停搖尾巴的小狗狗。

先前只會從教室外往裡面看，但她現在大大方方地走進C班教室。

當然，雙胞胎的桐矢也與她同行。

得努力念書應付考試的華，已經開始想要和她絕交了。

「拜託別打擾我啦，才剛記起來的東西都從我腦袋中跑掉了……」

「隨隨便便念一下就好，我們來聊天啦。」

滿臉笑容、很是愉快的桔梗緊緊黏著華。

不過，有個人對這幅光景吃醋了。

就是所有人公認為華摯友的鈴。

「華華要和我聊天，所以二条院同學請回妳自己的教室，和Ａ班的同學好好相處就好了！」

鈴當初聽到二条院嫡系轉學過來還很興奮，但在桔梗和華親近之後，燃起與之對抗的心。

「我想和華同學變好朋友。」

「如果要和華華當好朋友，請先經過唯一摯友——我的同意。」

鈴激動地說著。

「摯友？真是太令人羨慕了。我也要當摯友！華同學，可以吧？」

「不行、不行！華華的摯友只有我一個！華華，妳說對不對！」

「嗯～對啦。」

最近才和桔梗要好起來，還沒有辦法稱得上摯友。

說完後，鈴相當開心，而桔梗大受打擊。

「太棒了～」

「怎麼這樣！」

「拜託妳們安靜啦……」

華被吵得完全讀不進課本的內容。

想到美櫻的特別指導步步逼近，華不禁發抖。

無論如何，都得避免這件事發生。

華直盯著桔梗和桐矢看。

「欸，桔梗和桐矢是Ａ班對吧？」

自從變成朋友後，華就直呼兩人的名字。

「是啊，怎麼了嗎？」

「你們在Ａ班的成績怎樣？」

「這個嘛，實技部分是葉月同學領頭，接下來是望，然後我和桐矢。如果只看學科，桐矢超越葉月，是班上第一名。」

「咦，你成績這麼好喔？」

「桐矢很聰明，是我最自豪的弟弟。」

在他們成為朋友之後才知道，當作自己的事一臉驕傲的桔梗是姊姊，桐矢是弟弟。

華得知這件事時還想著「絕對搞反了」，但這得保密。

桐矢看上去像冷靜沉著的哥哥，沒想到竟然是弟弟。

「順帶一提，桔梗呢？」

聽到這麼一問，桔梗輕輕別過頭。

這舉動已充分表達出她成績的狀況，不知為何，鈴突然露出溫柔微笑，拍了拍桔梗的肩膀。

就算同樣成績不好，Ａ班和Ｃ班還是有天壤之別啊——但華沒把這說出口。

❀❀❀

就這樣，華的校園生活變得非常熱鬧。

雖然還沒逮到恐怖份子，還是過著頗為和平的日子。

就在某天，有位令人懷念的人物造訪一之宮大宅。

「家主夫人，有客人來訪，請問要怎麼辦呢？」

當華在自己房內認真念書時，十和前來如此向她報告。

「客人是誰呢？」

這還是第一次有客人來一之宮家找華。

再怎麼說，在朔的命令下，華的雙親完全無法與她見面；而對三光樓分家的鈴來說，來一之宮大宅的門檻太高了。

想不到其他可能性的華不禁歪頭。

「來者自稱紗江。」

「什麼！紗江阿姨？」

華慌慌張張地拜託十和請紗江到會客室，打理好服裝儀容後，急忙前往會客室。

這是離開一瀨家之後第一次見面，華緊張地走進會客室，看見絲毫沒變的紗江。

「華小姐！」

紗江感慨甚深地泛淚，跪坐對著華一鞠躬。

「紗江阿姨，好久不見。」

華跑到紗江身邊，紗江也抬起頭來看華。

「有種我們已經好幾年沒見的感覺。」

「嗯，就是說啊。對不起喔，我沒有好好向妳道謝，也沒道別，就離開了。」

「不會的，不用在意那種事情也沒有關係。華小姐在這邊過得還幸福嗎？有沒有遇到與在一瀨家時的相同對待呢？」

「別擔心，朔和朔的母親還有家裡的人，都對我很好。」

「那真是太好了。」

紗江露出母親般溫暖的笑容，替華感到開心。

紗江對華來說，真的是比親生母親更像母親的存在。

「怎麼了嗎？突然聽到紗江阿姨來找我，嚇了我一大跳。」

華已經屏除外人，所以這裡只有她和紗江。

其實葵和雅也在她背後，但術者能力不強的紗江，沒辦法像朔那樣感知兩人在哪裡。紗江大概只能意識到停在華頭上的梓羽。

順帶一提，嵐待在緣廊午睡中。

雖然是所有人都能目視的狀態，但這大宅裡的人和普通人不同，知道神明的恐怖，不可能有人愚蠢地對神明出手，嵐也能無須警戒地放鬆。

聽到華問起為何而來，紗江表情立刻染上陰霾，把額頭貼在榻榻米上對華深深一鞠躬。

「華小姐，請妳務必救救葉月小姐！」

華一時間嚇了一跳，下個瞬間繃起臉來。

「紗江阿姨，這是怎麼一回事？」

「我很清楚，身為服侍一瀨家的我不該對這種事情插嘴。但是，先生和太太的所作所為真的完全不顧葉月小姐的意願……葉月小姐也沒了精神，我真的看不下去了。」

「發生什麼事了？」

華極力忍耐著控制聲量，保持冷靜又再問了一次。

事情重大到紗江特地來找華。

華感覺，這肯定和葉月先前力量失控有關。

「先生要逼葉月小姐結婚，而且也已經決定好對象了。」

「什麼？」

「是大葉月小姐二十歲以上的分家之人，先生似乎想藉由和那個人聯姻，提升一瀨家在一族內的發言權。」

「……那個混帳老頭。」

華很怨恨地口吐這句話。

「葉月該不會答應了吧？」

「正是如此，不，葉月小姐打一開始就沒有拒絕的權利。華小姐應該相當清楚，先生不是被拒絕就會輕言放棄的人。」

「對，我再清楚不過。但就算是這樣，這麼重要的事情怎麼可以不顧葉月的意願？」

不對，從很早以前就有這種徵兆了。

在朔選新娘的時候，雙親不就對葉月施壓，要她無論如何得抓住朔的心嗎？

對那兩人來說，女兒只是道具。

婚姻是強化一瀨家發言權的手段。

其中不包含絲毫愛情。

「那兩個傢伙，到底想利用葉月到什麼地步才甘心！」

華已經氣到不想喊那兩人父親與母親了。

「但葉月也不好，如果不願意，那就認真抵抗不就好了？還想要繼續當好孩子，扮演貼心的女兒，這也能說是葉月自作自受。」

如果有話想說就別忍著，直接說出口不就好了嗎？

但葉月總是不說。

只是恭敬地當雙親的傀儡。

「華小姐，不是這樣，華小姐誤會葉月小姐了。」

「哪裡誤會？」

「葉月小姐禁止我說出這件事情，但現在應該沒關係了……再這樣下去，只會讓為了保護華小姐的葉月小姐變得不幸而已。」

「……保護我是什麼意思？」

紗江剛剛是說「保護華」對吧？

這到底是什麼意思？

華繃起表情。

「葉月小姐是為了保護華小姐，才會毫不違抗地聽從雙親命令。」

「我完全聽不懂妳在說什麼！」

與情緒激動的華相反，紗江眼神寧靜地看著華，這讓華也跟著冷靜下來。

「華小姐被視為劣等生而受到先生、太太的冷漠對待，但狀況變得更加過分，應該是在創造出式神之後。」

「……是啊。」

華自己對第一個式神無比開心，但雙親看梓羽的眼神彷彿在看垃圾。

華一輩子不會忘記雙親當時的眼神。

「華小姐創造出來的是被視為最弱小的昆蟲式神，對此感到失望的先生，準備把會對一瀨家造成阻礙的華小姐送到別人家當養女。」

「什麼！」

華第一次聽到這件事。

但無法否定，那對雙親的確可能做出這種事，真令人哀傷。

「葉月小姐阻止了這件事，她說她會連華小姐的份一起努力，所以請求別把妳送出去當養女。」

華感覺腦袋被狠狠揍了一拳。

「……我完全、不知道這種事……」

「接下來正如同華小姐所知的，先生和太太替葉月小姐聘請家教，要她完成難以承受的課業量。葉月小姐也照著她的約定，一句話也不抱怨地完成功課。」

「……紗江阿姨一直都知情嗎？」

「不，我是到這幾年才知道。原本貼身照顧葉月小姐的傭人辭職時，她告訴我的。她說再這樣下去，葉月小姐太可憐了。」

華的腦袋十分混亂。

華一直有著自己是受害者，其他家人都是加害者的感覺。

但或許真相並非如此。

至少葉月為了華犧牲了自己。

「紗江阿姨……」

華現在露出泫然欲泣的窩囊表情，像要攀住救命稻草般看紗江。

紗江靜靜靠近握住華的手。

「華小姐，請妳救救葉月小姐，我真的好想再看見妳們像以前那樣要好的模樣。」

「就算妳這樣說，葉月也已經聽不進我說的話了。」

到目前為止沒聽進去過。

葉月總是說著「華是劣等生所以不懂」，揮開華伸出的手。

華可以對這樣的葉月說些什麼呢？

應該只會再次被她揮開手。

紗江斥責躊躇不前的華。

「華小姐，妳不能害怕。不管葉月小姐怎麼拒絕妳，擁有說服葉月小姐的強烈聯繫的人，只有華小姐一人了。」

「我和葉月之間根本沒有聯繫。」

早在八百年前就切斷了。

自己和葉月之間，早已不存在桔梗與桐矢間那般的信賴。

「不，一定還聯繫著，只是華小姐沒有察覺而已，葉月小姐肯定在等著華小姐。」

華失去平常的強勢態度，如迷途羔羊般不知該往哪條路前進。

接著……

「主子。」

「主子大人。」

葵和雅在此現身。

紗江嚇得說不出話來。

「主子，去吧。」

「但是，葉月根本不聽我說話啊，我能怎樣辦呢？」

「只要主子展現出力量就好，讓那女人知道，主子已經不是被保護的存在，有能力保護別人了。」

「正如葵所說，我和葵沒見過兩人感情要好的過去，但如果還能找回來，就該盡全力爭取。您臉上寫著無法丟下葉月小姐不管，就把能力所及的事情全做過一次如何呢？」

「但這樣一來，可能會讓主子失去所期望的安穩生活。哪個對主子重要呢？那個女人，還是安穩的生活？」

「這種事情……」

這種事情不用想也知道。

下一個瞬間，華眼中散發強而有力的光芒。

「這樣才是我們的主子。」

「需要我們的力量時請隨時召喚我們，我們永遠都站在主子身邊。」

說完後，葵和雅消失身影。

「那個，華小姐，剛剛那兩位是式神嗎？」

「對，是的。」

「他們稱呼華小姐主子耶。」

紗江十分困惑，這也是當然。

在一瀨家，華一直被視為劣等生。

但或許也到了該結束的時候了。

華不想搞錯需要保護的事情。

「紗江阿姨，我寫封信給葉月，可以請妳瞞著我父母，送到她手中嗎？」

「瞞著先生、太太嗎？」

看紗江愁苦的表情，感覺相當困難。

而且話說回來，葉月的時間以分鐘為單位遭到管理，在家裡很難有獨處的時間。

大概只有睡覺時間了吧？

既然如此，在學校還比較有機會接觸，但華去找葉月會受到周遭人的注目。

那要不要拜託同班的桔梗呢？

或拜託望也可以。

在華煩惱著該怎麼辦之時……

「那封信，就由我來送吧。」

一個陌生的孩童聲音，讓華迅速轉過頭去。

葉月的式神柊站在面前。

「你為什麼會在這……」

「我是跟著那個人來的。」

柊指著紗江回答。

紗江好像不知情，一臉驚訝。

「是什麼時候……我完全沒發現。」

「如非感覺十分敏銳，很難察覺隱身的式神。」

如果擁有朔那種程度的能力應該能察覺，但華沒有發現。

這表示她雖然力量強大，但身為術者的敏銳度遠遠不及朔。

「先別管這個，你說你可以幫我送信？」

「是的，我可以不被任何人發現，見到葉月。」

「是這樣說沒錯……」

華相當猶豫，不知道能不能相信柊。

如果信交到葉月以外的人手上，那就賠了夫人又折兵了。

請桔梗把葉月找出來應該是最確實的做法。

大概是察覺華心中糾結，柊在華面前正襟危坐。

「我也想要救葉月，如果妳願意行動，我就願意幫忙。身為式神的我無法違抗葉月的命令，所以需要妳的力量，拜託。」

柊說完後低頭平伏在地，華立刻判斷他足以信任。

華對這真摯的態度很熟悉。

葵和雅為了華行動時也有相同眼神。

「我知道了，你一定要小心不能被別人發現。」

「我明白。」

就這樣，華把信件託付給柊。

❀❀❀

隔天，華來到學校屋頂。

只要越過圍欄往下看，就能眺望操場。

華邊看在操場上體育課的學生邊等待，直到葉月開門走出來。

她的表情有點嚴肅。

華緩緩轉過身。

「葉月……」

「華……」

兩人視線交疊，注視長相與自己相似的對方。

先別開眼的人是葉月。

「妳想幹嘛？竟然唆使柊送信給我，妳在想什麼？」

「……昨天，紗江阿姨來找我。」

「紗江阿姨去找妳？」

紗江大多負責照顧華，和葉月的交集比較少，但她確實知道紗江。

「欸，聽說妳要結婚了，是真的嗎？」

葉月倒抽一口氣，下一個瞬間表露怒氣。

「妳聽紗江阿姨說的嗎？還是柊告訴妳的？」

「是誰說的都無所謂，妳真的打算跟不怎麼認識的人結婚嗎？」

「這跟妳沒有關係吧！妳早就和一瀨家斷絕關係了。」

「有關係！」

華捉住葉月的手，眼神強而有力地看著葉月。

「我們是雙胞胎啊，擔心另外一半有什麼錯？」

「另外一半……？事到如今還說什麼！明明一直漠不關心！妳不是拋下一瀨家，跑到一之宮家去了嗎？」

「讓我這樣做的是一瀨家吧？不對，我可以斷定一切的元兇是那對父母。」

華從來不曾光明正大地責難雙親，這讓葉月嚇一大跳。

「妳不可以這樣說爸爸和媽媽。」

「他們可是只把我們當道具看待耶！對葉月也是，說為了家裡，為了一瀨，把妳當道具用，想要摧毀妳。」

「才沒那回事！」

「就有這回事！」

像要遮掩葉月大聲否定的聲音，華用更大的音量蓋過去。

「妳還記得我離開一瀨家時對妳說的話嗎？說妳的行動總是沒有妳自己的意志，請讓我道歉，對不起。」

華對一直讓葉月獨自背負一切感到後悔，對她深深一鞠躬。

看見華的行動，葉月掩不住驚慌。

「妳幹嘛，幹嘛突然這樣……」

「紗江阿姨告訴我了，葉月為了保護我，不讓我被送出去當養女，和爸媽進行了談判。」

葉月啞口無言睜大眼。

「我一直很瞧不起妳對父母唯命是從，不說任性話也不反抗，就跟人偶一樣順從……再這樣下去，真正的妳會消失得無影無蹤。但我不管勸說幾次，妳都聽不進去，所以我也放棄了。關於這件事，我想對妳道歉。」

「……」

「葉月全都是為了我才這麼做，我卻毫不知情還悠哉生活，真的很對不起，但已經夠了。」

「什麼夠了……」

「我已經不需要葉月保護我了，因為我可以照顧自己。所以葉月也可以解脫，從我、從雙親、從一瀨家解脫。」

華走近一步，葉月跟著退一步。

「怎麼可能有辦法做到，爸爸和媽媽不可能同意……」

「那，妳真的要就這樣跟大二十歲以上的人結婚嗎？」

「當、當然不要啊！我才不想要！」

還想著葉月終於大喊出聲，但她下一秒立刻沒自信地降低音量。

「但我沒辦法違抗爸媽。」

「妳打算一輩子順從？扼殺自己的心，唯命是從，那妳最後還剩下什麼？」

「我不知道！但就算我說我不要，爸媽也不可能聽得進去。」

「不試試看怎麼知道不可能！」

華用力握住葉月肩膀，不停搖晃她。

彷彿想把葉月搖醒。

「妳到目前為止從來沒反抗過，為什麼會認為辦不到，不試試看怎麼會知道？」

「因為妳什麼也不知道才能這樣說話，爸媽不可能放棄，他們心中只有一瀨家，根本不可能聽我說話。」

「那妳就全部丟掉！」

葉月睜大眼睛。

「不管是爸爸還是媽媽，連一瀨家，所有讓妳煩心的東西全部丟掉就好。因為我就這樣做了。我原本已經把妳也丟棄了，但還是算了，妳也和我一起丟棄一瀨家吧！」

華露出無所畏懼的笑容。

葉月聽到華的話之後心情無比動搖，但她仍拚命反駁。

「妳！妳在說什麼蠢話，也太自說自話了吧！既然已經丟掉我了，那就別再管我了啊。」

「不、要！我就是自說自話，我早就決定不理會一瀨和愚蠢父母，要隨心所欲活下去，所以我也要把葉月拖下水。」

「妳說要把我拖下水，妳又能做什麼？」

「妳以為我是誰，我現在可是一之宮家主之妻，比那對愚蠢父母的權力還大，我要狐假虎威、澈底打垮一瀨家，愚蠢的老頭給我走著瞧吧，嘿嘿嘿。」

華用著兇惡表情大笑，葉月臉頰抽搐。

「華是這種個性的人嗎？」

「託愚蠢父母的福，我的個性變得超扭曲，但這可不是我的錯。」

華鬧彆扭地轉過頭去，接著拉回視線，朝葉月伸手：

「剩下的，看妳怎麼決定。妳想怎麼做？」

華祈禱著「拜託握住我的手」而伸出手，葉月沒有察覺那隻手正輕輕發抖著。

華非常害怕。

害怕不顧一切伸出的手會被葉月揮開。

「葉月。」

「啊……我……」

可以看出葉月心中糾結不已。

突然要葉月拋下家裡，讓她不知所措。

但時間不多了。

雙親肯定打算讓葉月和對方見面後，就要立刻把葉月嫁過去。

「葉月，拜託妳。」

拜託妳別選擇一瀨家，而是要選擇自己的幸福。

此時，有隻小妖魔從華和葉月面前竄過去。

嚇了一跳的不只華，葉月也嚇得轉過去看著妖魔。

接著，操場上傳來許多人的尖叫聲，她們慌慌張張越過柵欄往下看，嚇傻了眼。

「這什麼啊……」

數也數不清的妖魔不知從哪冒出來，攻擊操場上的學生。

操場上尖叫聲此起彼落，學生們四處逃竄。

不僅如此。

許多妖魔也聚集在華和葉月身邊。

「展開！」

華邊大喊邊發動結界，葉月也慌慌張張喊出柊。

「柊！」

柊現身後，拿扇子般的東西一閃打倒妖魔。

「滅！」

華也不服輸地想打倒妖魔，但她的法術沒能成功。

「什麼？為什麼？」

「華快點退下！這個妖魔非常強。」

聽葉月這樣說，她才仔細觀察，這些妖魔確實特別強。

華用平常壓抑過的力量打不倒也是理所當然。

「既然如此，就這樣吧——展開！」

因為數量太多，情況不容許華限制自己，她放棄壓抑力量，使出全力要打倒妖魔。

「滅！」

「啪啪啪啪」一口氣消滅了非常多妖魔。

這一幕讓葉月看傻眼。

「咦？剛那是華做出來的？妳不可能有那種力量啊……」

「晚點再說明，比起這個，得想辦法解決學校裡的妖魔才行。我聯絡朔，妳替我警戒周遭。」

「我、我知道了。」

真不愧是A班首席資優生。

不會多說閒話，毫不猶豫地採取當下最佳的行動。

華小聲輕笑拿出手機要打電話給朔，但手機沒訊號。

「電話打不通！」

「咦？為什麼？」

低頭看操場的葉月用力轉過頭。

「妳的手機呢？」

「等等我……我的也沒有訊號。」

葉月從口袋中拿出手機確認，她的手機也不能用。

這狀況好像似曾相識。

華瞇起眼睛注視著外面，察覺學校內外的界線似乎有所扭曲。

葉月看著在屋頂上走一圈確認什麼的華，感覺很不可思議。

「華，妳在幹嘛？」

「學校的腹地被結界包圍了，手機沒訊號似乎是受結界影響。」

「什麼！」

葉月也和華看向同一個方向，瞇起眼睛來，但她似乎看不見只是歪頭。

「到底哪裡有結界？」

「妳看，就在學校圍牆和操場的界線上。」

「完全看不出來。」

「不知什麼時候張設的，完全沒發現，梓羽，妳有辦法穿過結界嗎？」

梓羽從華的頭上移動到手指上，沉默一會兒後回答：

『大概沒問題。』

「那妳去把朔找來。」

『好的，主子大人。』

梓羽翩翩飛去，在華看見的扭曲處前一瞬間停下來之後，越過了那個扭曲。

仔細觀察妖魔的行動，妖魔似乎沒辦法越過結界。

不僅如此，在操場上的學生試圖逃出去外面，但也和妖魔一樣，沒辦法離開學校腹地。

也就是說，這裡變成一個巨大的妖魔鳥籠。

連力量如此強大的妖魔都無法離開結界，就表示校內絕大多數的人都無法離開。

「葉月，總之妳先回教室帶學生避難。A班有消滅妖魔的經驗，應該不需要太擔心，但這數量太多了，肯定也有妖魔跑進教室裡。」

「說的也是，但要上哪避難？感覺沒有辦法出去耶。」

「那種程度的結界我能打壞。」

既然梓羽有辦法出去，那自己就有可能打破結界。

「只要教職員和A班學生同心協力，應該可以張設出暫時保護自己的結界吧？」

「我想應該能辦到，但之後該怎麼辦？妳說妳能打壞結界，但打壞結界後妖魔會跑出去，連累普通人耶。」

「所以我才讓梓羽去把朔找來，只要朔來了，就有辦法解決。」

「但是！」

「沒時間思考了，不快點會有人死傷！」

葉月班上還有望、桔梗和桐矢，比一年級和二年級的A班力量強大，所以華也交代葉月，如果還有餘力就到校門邊張設結界。

如此一來，在操場上的學生也有地方避難。

葉月輸給華的氣勢，不情願地朝自己的教室跑回去。

華回到校舍後邊打倒妖魔邊前進，接著在走廊岔路召喚出葵和雅。

「葵，我要去廣播室，你去C班帶教室裡的學生們前往校門。如果中途遇到來不及逃走的學生，就帶著一起去。」

葵和雅現身後相當擔心。

「主子呢？」

「別擔心我，操場上的學生就拜託雅了。」

「遵命。」

「快點去，鈴應該在教室裡，絕對要保護好她。」

葵和雅一鞠躬之後迅速消失。

「啊～真是煩死了，為什麼這種時候會發生如此麻煩的事情啦！」

秒殺在轉角瞬間出現的妖魔，華朝廣播室走去。

廣播室裡好幾個老師正對著麥克風拚命說明現在的狀況。

「老師，稍微讓一讓！」

「啊，喂！妳這是幹嘛！」

「啊～測試測試。留在校舍內的學生，立刻前往A班教室或教職員室；教職員和A班學生，還有擅長結界的學生，請張設結界當作暫時的避難場所；剩下的無能為力的學生，請進入結界中乖乖等待。我已經派使者去找一之宮家主了，術者協會立刻就會出動！」

一口氣說完後，華深吸一口氣看著廣播室內的老師們。

「妳剛說的是真的嗎？妳和一之宮家主取得聯繫了？」

「看這個樣子，老師們的電話也打不通嗎？」

「對，沒錯，但先別說這個，妳怎麼可以這樣自作主張！」

只會在這邊驚惶失措的人，應該沒資格說這種話吧？

「如果你們有時間糾結這種無所謂的小事，就快點把校舍內來不及逃跑的學生找出來，幫忙張設結界！你們想讓學生死掉嗎？」

把被華的氣勢嚇到的老師們強制趕出廣播室，華又再次廣播相同內容後，逐一滅殺闖入校內的妖魔。

但數量真的太多。

「早知道就該帶嵐來了啦～」

如果是犬神，就能在校舍內迅速移動、殲滅妖魔了。

一想到祂現在應該在家裡悠哉午睡，就讓華感到無比不甘心。

派梓羽去找朔應該差不多快一小時了吧？

在華只是不停到處跑消滅妖魔時，後面傳來聲音。

『主子大人。』

華伸出手指迎接翩翩飛來的梓羽。

「朔呢？」

『在校門前等著，他說要等主子大人過去。』

「我知道了，梓羽，謝謝妳。」

梓羽又翩翩飛起停在華頭上。

「既然朔來了，那就快點過去吧。」

華轉了個方向，朝校門口跑去。

葉月班上的同學在校門前張設結界，邊保護操場上的學生邊努力抵禦。

葵和雅就在一旁打倒靠近的妖魔。

華沒有喊兩個式神，分開學生，走到校門口的結界界線旁。

朔和幾位術者站在結界另一端。

「華，妳還好嗎？」

「打倒太多妖魔都快累死了，突然覺得別墅的妖魔還比較可愛。」

華如此說著聳聳肩，但看起來還很從容。

「看妳這麼有精神應該沒事，妳可以從裡面打破結界嗎？很不湊巧，我沒辦法帶能破壞這個結界的術者來，我會在妳打破結界的瞬間張設新結界，把妖魔關在學校腹地內。」

「了解，喂，可以讓出點位置嗎？」

華要結界附近的學生們往後退，但他們遲遲不肯聽華的指示。

「幹嘛啊，萬年C班的臭屁什麼！」

「雙胞胎的殘渣閉嘴，妳是能做什麼啊？」

為了讓在這分秒必爭時刻還囉哩囉嗦吵不停的蠢蛋閉嘴，華大喊：

「吵死了！別只會說廢話，快點讓開！要不然就把你們丟出結界外去餵妖魔！」

平常根本不回嘴的華大聲怒吼，學生們全嚇一大跳。

朔跟著開口補刀：「沒聽到嗎？現在立刻讓開，你們不想活了嗎？」

「咿！遵命咿咿咿！」

感覺學生們是因為怕朔才讓開，但現在先不管這些細節了。

華利用空出來的空間和結界拉開距離，全力朝結界衝刺。

接著利用助跑的衝勢，朝結界飛踢。

下一個瞬間，伴隨玻璃碎裂的清脆聲響，朔的「結！」也高聲響起。

先前的結界被打破，朔新張設的結界取而代之覆蓋校園。

「這樣就能出去了，非術者的學生快點離開學校。」

朔一聲令下，學生爭先恐後地逃出學校。

「太棒了，終於可以出去了！」

「得救了啊啊。」

還有人哭了出來，華走到朔身邊。

「欸，這是不是和彼岸骷髏有關啊？」

「妳洞察力真不錯。」

「果然沒錯……」

華的壞預感中獎機率頗高。

「該不會是針對我或望吧？」

「或者針對那兩個人。」

聽見兩個人又順著朔的視線看過去，桔梗和桐矢站在那邊。

他們對朔有禮一鞠躬後，朔開口問：

「二条院怎麼看這個狀況？」

「可能使用了二条院製作的咒具。」

桔梗態度毅然地回答，朔露出大膽無所畏懼的笑容。

「我也是這麼想的，我看應該用了聚集妖魔的咒具和結界咒具。」

「還有那種東西喔？」

「對，結界咒具也用在送給妳的別墅上面。這裡的是將那種咒具強化後的東西，這不是特別危險的東西，是他們原本就有的吧？」

「原來如此。」

華認為這和別墅狀況相似的直覺是對的。

「聚集妖魔的咒具是被指定為ＳＳ危險等級的恐怖東西，沒想到他們會拿來用在這裡，華在學校裡算不幸中的大幸，彼岸骷髏也沒把華的實力計算在計畫內。」

不知道是哪裡有趣，朔竊笑得讓人感到噁心，他還胡亂搓揉華的頭。

「喂！」

「華，我需要進去學校找出咒具來，妳代替我替學校張設結界。」

「什麼，好麻煩喔～」

華剛剛才打倒數也數不清的妖魔耶，這也太使喚人了吧。

「有什麼辦法，在場能夠張設出覆蓋整間學校的結界的人，只有我和妳了。」

「什麼～」

華很不情願地皺起臉來，朔的表情表示著「快一點」。

就在華不願行動時，周遭傳來……

「那個吊車尾的，怎麼可能有辦法張設覆蓋學校的結界啦。」

「就是說啊～就連所有三色老師聚集起來也辦不到，她一個人怎麼可能做到？」
「葉月同學的殘渣……」
「剩餘的廢渣……」
竊竊私語的內容都是對華的中傷。
因為在朔面前還有壓抑音量，但還是聽得一清二楚。
「華……」
葉月站在一段距離外擔心地看著華。
華想讓葉月從一瀨家解脫。
決定要為此盡己所能的人，是華自己。
「好啦好啦，我知道了啦，但你要快一點喔。」
「我盡量。」
朔這次溫柔地摸摸華的頭之後，朝桔梗和桐矢說：
「這很危險，雖然不想把學生牽扯進來，不過我需要二条院的知識，你們倆也跟我來吧。」
「我們原本就是如此打算。」
桔梗回答後，一旁的桐矢也點點頭。

「好了，華，張設結界吧。」

「了解。」

華彷彿要決定拍照角度般用手指估算學校大小後，伸出手吟唱：

「展開。」

華的力量具體成形，從上方覆蓋住朔的結界後，完成新的結界。

下一秒，周遭一陣騷動。

「騙人，她真的做出來了。」

「什麼，真的是她做出來的嗎？」

「這種事情，怎麼可能……」

聽見大家七嘴八舌詫異之時，朔的結界消失。

華的結界看起來十分堅固，妖魔沒有跑出來的跡象。

朔確認之後，展開行動。

「走吧。」

便帶著桔梗和桐矢這對雙胞胎走進結界內。

裡面還有許多妖魔，非常危險，但還有人留在裡面，得盡快去救他們才行。

「葵、雅，這邊已經沒問題了，你們去保護桔梗和桐矢。」

「我明白了。」

「遵命。」

不知他們是誰的式神而感到不可思議的人，此時聽到華說出口的話全嚇一大跳。

「這樣的反應還真新鮮啊」，華裝作若無其事。

但她內心想著，等到學校恢復上課後，應該會引起大騷動吧。

展現出自己的力量後，葉月再也沒有保護華的必要了。

看見葉月緩緩移動到自己身邊，華露出最燦爛的笑容：

「葉月，妳看，我很強對吧？肯定比妳還要強喔。所以啊，妳不用繼續保護我，這次輪到我保護妳了。」

「華……！」

葉月靜靜落淚，把臉埋在華的肩頭。

這是華第一次看到葉月哭泣。

把葉月逼成這樣的就是那對雙親。

或許是第一次對雙親感到如此強烈的怒意，華輕拍著葉月的背，拚命壓抑對不在場的雙親這近似於殺意的情緒。

「就請兩位做好覺悟，等我上門道謝吧。」

協會總部。

學校遇襲的事件中，果然使用了從協會偷走的咒具，在學校內找到的咒具迅速收回至

❀❀❀

但還有幾個被偷走的咒具尚未回收。

話說回來，桔梗和桐矢之所以轉學過來黑曜學校，就是因為這次的咒具遭竊事件。

協助恐怖份子闖入協會總部的術師，就是隸屬二条院家的人。

桔梗和桐矢作為二条院家代表，轉學來位於總部的第一學校，幫忙搜索咒具。

因為這關係到五大家族的威信，所以未對外公開。

至於華為什麼會知道這件事，那是因為朔又強迫她一起解決難題了。

「什麼～又來了？」

「沒錯，妳也來幫忙解決事件。」

「你這次要給我什麼？」

「不是才剛給妳別墅嗎，妳這個守財奴。」

「因為沒酬勞就沒有幹勁嘛～」

朔傻眼看著把嵐當枕頭滾來滾去的華，無奈嘆氣。

「妳想要什麼？」

「這～個嘛～這次要給我真正的海景別墅，然後還要一整套的家具、家電、車子、船還有……」

「太多了！一個，只能一個。」

「什麼～那麼……」

華沉默一段時間深思後，慢慢起身。

「欸，不是東西的話，也可以嗎？」

華沒有絲毫玩笑意味的認真表情，讓朔也嚴肅起來。

「妳說說。」

聽到華說出口的要求，朔說著「這可有趣了。」揚起嘴角。

❀❀❀

因為妖魔騷動而停課的學校恢復上課了。

要是再發生那樣的騷動可不得了，所以決定帶平常都在家裡看家的嵐一起上學。

嵐聽聞發生的事件後，自己提議在恐怖份子事件解決之前要和華一起行動，這正中華的下懷，她當然二話不說答應了。

但一到學校，華立刻發現自己失策了。

因為華昔日總壓抑著力量，就算有點程度的術者也覺得她是能力低落的劣等生。

嵐現在雖然是式神，但仍是不折不扣的神明。

祂身上流瀉出的神聖強大力量，就算壓抑也難以隱藏。

連經驗不多的學生也能一眼看出祂不是普通的式神。

「好驚人，那個式神應該很不普通吧？」

「因為力量的性質很不一樣啊。」

「原來那個傳聞是真的，聽說葉月同學的妹妹，其實是能力高強的術者耶。」

「那她為什麼在Ｃ班啊？」

有上面這樣的聲音，也有——

「聽說你有看見一瀨的妹妹張設結界啊？」

「就是啊，真的超強耶。她竟然能獨力張設出那麼強大的結界，根本不是普通術者啊。」

「我也好想看看，也就是說她會被一之宮家主選上，也並非奇蹟啊。」

「如果有那麼強大的實力就無可厚非了，選她也不奇怪。家主看起來也很信賴她，交付彼此背後的感覺超帥的。」

這樣的聲音，讓華不禁抱頭苦惱。

「超越想像耶。」

在人前那般肆無忌憚地使出力量，華也預料到會引起騷動，但大家熱烈討論超越她的預料。

一走進自己班上，發現同班同學們散發出「好想去問她，但她身邊有散發出非比尋常氛圍、讓人難以靠近的式神」的糾結心理。

在這之中，鈴一如往常滿臉笑容跑過來的身影，撫慰了華的心靈。

「華華，早安。」

「鈴～妳果然是療癒系女孩啊。」

華緊緊擁抱鈴，鈴雖然一頭霧水但也開心地回抱。

「但話說回來華華好厲害，瞬間變成話題人物，全校都在討論妳耶。」

鈴彷彿自己的事情般驕傲地談論，接著終於發現腳邊的嵐。

「啊，祂是先前那個犬神大人對吧～華華的式神。」

鈴曾一度遭變成祟神的嵐攻擊，還以為她會怕嵐，沒想到她毫不遲疑地摸嵐的頭。

「哇，毛茸茸的耶～我也好想要這種式神喔。」

因為鈴說出這種話，鈴肩膀上的松鼠式神吃醋地拉鈴的頭髮。

真是令人莞爾的光景啊。

即使發生那種事情，鈴的態度也沒有絲毫改變，華打從心裡慶幸能和鈴當朋友真是太好了。

另一方面。

「欸，犬神就是神明吧？」

「她竟然把神明變成式神了？」

「超厲害的，但覺得好恐怖。」

「話說回來她為什麼在C班啦，明明可以輕輕鬆鬆進A班吧。」

華感到奇異與懷疑的視線從四面八方投來。

至今一直被看輕為劣等生的人，其實實力超強。

華也理解不會只有善意的想法，但如此毫不掩飾也讓華不禁沮喪。

至今和同學處得還不錯，C班的學生多多少少都有點自卑。

強大的華混在其中，也會有人感到很不自在吧？

但這也沒有辦法，只能放棄了。

接著一如往常開始上課，到了午休時間，不是平常常見的二条院雙胞胎，而是華的另一半——葉月來找她。

葉月幾乎不會來C班，所以C班學生忍不住驚訝地觀望。

但這原本也不奇怪，因為雙胞胎的華就在這班上。

華毫不猶豫地起身走向葉月。

「葉月，怎麼了嗎？」

「現在有時間嗎？我有話想說，妖魔騷動時的事情，還有妳的力量。」

「我知道了。」

華轉頭看總是一起吃午餐的鈴，鈴笑著朝她揮揮手，華也回揮。

這是要她儘管去的意思吧。

華邊感謝直覺敏銳的鈴，和葉月一起移動。

她們來到之前談話的屋頂。

這裡最少人會來，是最佳的說話地點。

「妳首先想問什麼？」

「妳的力量！因為妳原本力量微弱，式神也只是蝴蝶啊，根本不可能有那樣的力量。」

「確實沒錯，梓羽，妳可以解放力量了。」

宛如髮飾安靜停在華頭髮上的梓羽，在華和葉月之間翩翩飛舞，解放自己的力量。

下一個瞬間，梓羽的翅膀變得鮮豔。

從梓羽身上可以感受到巨大的能量。

那是足以與人型式神匹敵的強大力量。

葉月也正確感知到了梓羽力量，露出錯愕表情。

華開始從頭說明起。

「我身為術者確實是劣等生，力量也完全比不上葉月，大家都說我是殘渣，是廢物，我也不否認這個事實。」

「但妳有這麼強大的力量啊。」

「十五歲生日，那天是我的轉機。明明在那之前沒有什麼力量的，但那天突然覺醒了，彷彿先前的一切都是虛假的——妳可能沒辦法相信啦。」

實際上直到現在，連華自己也還是難以置信。

完全不知道契機是什麼，不知道原因為何。

唯一知道的是，以那天為界，得到了凌駕在葉月之上的力量。

「妳為什麼要隱瞞？」

「因為很麻煩啊。」

華秒速回答。

「如果被那對父母知道我得到這麼大的力量，妳覺得會怎樣？他們當然因為得到一個能為一瀨家貢獻的好用道具而大為歡喜，然後導致最後我被用到壞掉。」

華露出諷刺的笑容。

葉月大概也能想像那個畫面，沒有否定華的話。

而這就是答案。

葉月也非常清楚。

雙親對孩子毫無愛情。

「我可不想遇到那種事！至今澈底冷漠以對，只因為得到力量就態度大為轉變，我無法信任這種雙親，才會隱瞞至此。現在，我也很確定當時的判斷沒有錯。」

華用不容反駁的強力視線看著葉月。

葉月大概無法承受她的視線，輕輕別過頭去。

「那妳為什麼現在要讓大家看到妳的力量？如果爸爸他們知道了，肯定會要妳回家。」

「與我無關，不管誰說什麼都跟我沒關係。事到如今才改變態度，也無法消除那些人曾經做過的事情；遭到冷漠對待的記憶，也不可能輕易消失。」

「說的、也是……」

葉月的表情變得陰沉沮喪。

「葉月打算怎麼做？」

「什麼？」

葉月驚訝地抬起頭來。

「我不是說了嗎，妳也不想就這樣結婚對吧？那妳能做的事只有一個了吧？只要一瀨家由那對父母做主，妳就會一直被控制。即使嫁給混帳老頭替妳決定的男人，也不會有任何改變，反而只會變得更糟糕。」

「……」

「妳打算唯命是從到他們死為止嗎？」

葉月的眼神充滿迷惘。

「妳知道有恐怖份子入侵協會總部的事情嗎？」

華突然改變話題，葉月雖然感到困惑，但也點點頭。

「是的，我有聽說，聽說還沒有找到人。」

「我答應幫忙搜索，然後作為交換條件，和朔做了交易。」

「怎麼可以，妳還是學生，這太危險了！」

「朔也不是今天才提出這種荒謬要求，妳別擔心。比起這個，我要求朔給我的酬勞，就是當妳決定拋棄一瀨家時，朔答應要當妳的監護人，讓妳住在一之宮家裡照顧妳。」

葉月睜大眼睛。

「妳在說什麼！怎麼可以拜託家主這種大不敬的事情！」

葉月的反應惹笑了華。

「我就知道妳會這樣說，但朔答應要接納葉月了喔。」

雖然當時朔露出了堪比兇惡罪犯的邪惡笑容，但這別告訴葉月比較好。

「所以說，剩下的，就只看妳怎麼決定了。」

華走到葉月身邊，握住她的手。

「妳的人生是妳自己的，正如我的人生不是別人的，而是我自己的一樣。」

「華……」

葉月緊咬嘴唇低下頭。

「有什麼事情就打這支電話。」

說完後，華強逼葉月收下寫有自己電話號碼的紙條。

「太好笑了，我們明明是雙胞胎姊妹，卻連彼此的電話號碼也不知道。以前明明那樣要好的啊。」

看著寂寞笑著的華，葉月也露出相同表情。

「就是說啊……」

葉月十分珍惜地握緊紙條，沒有再說更多便離開屋頂。

華已經無話可說了。

葉月會做出什麼決定呢？

不管是好是壞，華都得做好接受決定的覺悟。

但令人意外的，華的心情相當滿足。

「有多少年沒這樣和葉月說話了呢？」

華看著天空中飄浮的雲朵，沉浸於感傷中。

第五章

「我、才、不、要！」

和葉月聊完後，利用校內廣播把華找到教職員室的人，是三年A班，也就是葉月班上的導師。

華至今從未被A班導師找出來過，她想著可能要講跟葉月有關的事情才來，沒想到是要講華的事情。

沒想到，他竟然提議要讓華轉入A班。

而華的答案就是開頭那一句。

事到如今是幹嘛這麼哀傷得成為A班的一員不可。

這導師以為華為什麼努力保持可以萬年待在C班的成績啊？

但就算華如此不悅地不改拒絕態度，這導師也不肯輕言放棄。

「但是啊，妳這種能力高強的術者，我們可不能把妳擺在C班那種地方啊。」

C班那種地方。

光這句話，就可知道這個老師有多瞧不起C班。

明明同為學生，老師中也有人已將對學生的歧視心態銘刻在心了。

所以C班的學生才會承受自卑感折磨。

因為老師的差別對待太明顯了。

「不管你怎麼說，我不要就是不要！」

「妳也不喜歡待在C班吧？」

「會這樣想的是老師吧？我覺得我待在C班沒什麼問題。」

「但是……」

「煩死了！在這之前學校裡四處都有人在背後說我是劣等生，嘲笑我，你就算看到也當作沒看見，現在突然改變態度來討好我，已經太晚了！」

沒錯，彷彿表現出問題出在念C班的華身上，雖然不到被霸凌的程度，但華被A班及B班學生瞧不起時，沒有任何一個老師出來替華說話。

華不會忘記這個A班導師也曾和學生一起嘲笑她。

「我是遇到討厭的事情會記恨一輩子的人，老師的事情我也記得很清楚喔。我可能會不小心告訴朔這件事呢，朔可是愛我愛得不得了，真期待他會做出怎樣的報復呢。」

威脅著「我一輩子不會忘」並狠狠瞪了他一眼，A班導師白了一張臉終於閉嘴。

「只有這件事嗎？那恕我失陪了。」

Ａ班導師沒有繼續慰留，華快步走出教職員室。

早已預料到或許會有老師提出這種建議，但超乎想像地令人不愉快。

「如果手邊有重物，我就馬上丟過去了！」

嵐睜著水潤大眼看華懊悔跺腳。

「嵐～請祢用一身毛茸茸來安慰我受傷的心靈～」

華說完後，還沒得到許可就抱住嵐。

這身毛茸茸的毛皮，怎麼可以如此舒服啊。

只是撫摸著，就讓華心中的狂風暴雨逐漸平靜下來。

抱著嵐一段時間後，華終於冷靜下來放開嵐。

『已經夠了嗎？』

「嗯，謝謝祢。」

道謝時也順便摸摸嵐的頭。

對神明這麼做或許十分失禮，但華仗著嵐不會生氣，想做什麼就做什麼。

「真是的，沒想到只是有點能力而已，就造成如此大騷動。」

『不只有點能力，連變成祟神的我都能拯救的力量。我認為大家騷動也是情有可原。』

「那是因為祢還沒完全墮落才能辦到，幾乎只靠蠻力耶。」

『能有這股蠻力的人很少，妳可以更自豪點。』

「自豪啊……」

要是那樣做絕對會引起騷動、造成麻煩事態，讓平靜的老後生活更加遙遠，所以不能像個笨蛋似的四處顯露出自豪的模樣。

但既然力量已經曝光，比起思考老後生活，更需要思考現在。

「算了，今後我也不需要拿捏分寸，或許也可說輕鬆了吧。」

『對我來說，看見主子被瞧不起也沒有好心情。葵和雅也相當開心，展現那般強大力量後，也少有人能再瞧不起妳了。』

「確實是，大概只剩自稱天才的朔了吧。」

『但根據下次考試結果，妳或許又會被瞧不起了喔？』

華格格笑了。

「別讓我想起討厭的事情啦。」

好不容易才忘了這件事耶。

『拜託妳別讓人說妳力量強大卻是個笨蛋。』

「那感覺比之前的壞話還讓人心情不好，絕對不想被人這樣講。」

除了逃避美櫻特別指導之外，又多一個念書的理由了。

「暫時得埋頭苦讀了！」

華感到全身無力。

❀❀❀

「可惡！」

朔邏怒似地把文件砸在桌上。

華無法幫忙安撫，只能旁觀。

「還是找不到人嗎？」

「是啊，毫無線索。」

搜索行動遲遲沒有進展。

尚未找到的其他咒具不知在哪，也很令人在意。

雖然總動員術者搜查，仍舊沒任何消息。

學校發生的騷動因為華而沒有造成最糟糕的狀況，但下次要是再發生事情，不見得能如此圓滿解決。

再這樣下去會讓普通人受害，華也清楚朔相當焦急。

而且話說回來，為什麼學校會被攻擊？

最後做出因為學校與五大家族關係密切，且華、望，以及桔梗和桐矢都在學校裡的結論。

那麼，今後該怎麼辦呢？

這是最大的難題，但沒想到這問題被梓羽解決了。

『主子大人～』

「梓羽，怎麼了嗎？」

華待在一之宮大宅裡時，梓羽偶爾會跑出去外面玩。

說是出去玩，也只是隨心所欲地到處飛來飛去而已。

梓羽很強大，不至於遇到危險，所以華也隨牠去了。

禁止外出的華不太能帶式神們外出，所以即使只有梓羽可以出去轉換心情也好。

梓羽只要壓抑力量，看起來只像隻翅膀有點漂亮的普通蝴蝶。

『那個啊，主子大人之前說過的，彼岸的爛泥嗎？』

「是彼岸骷髏。」

華差點噴笑出來，開口糾正。

『對，彼岸骷髏，我找到他們了。』

「妳說什麼！」

驚聲大喊的不是華而是朔。

朔氣勢十足地衝過來像要一把抓住梓羽，華迅速地先抓好梓羽加以保護。

「我可不允許你粗暴對待梓羽！」

「重點在彼岸骷髏，妳說妳找到了，哪時？在哪？」

總之得先讓激動的朔冷靜下來，華拿出最近網購買來的巨大嗶嗶槌，用力朝朔的小腿打下去。

「唔～」

華冷淡瞥了痛得悶哼的朔一眼後，溫柔詢問梓羽：

「妳說妳找到彼岸骷髏，怎麼找到的？」

『那個啊，我飛在天空時，看到有彼岸花和骷髏標誌的人聚集在某個屋頂上面說話。』

「妳知道那在哪裡嗎？」

『不知道。』

「不知道啊。」

朔聽到後失望地垂下肩膀。

『但是啊、但是啊，要是不抓到那些人，主子大人就沒有辦法外出，所以我也想要幫忙，總之就先對他們洗腦了。』

梓羽用著可愛的聲音說出爆炸發言。

朔的臉頰不停抽搐。

「喂喂，洗腦是怎麼一回事？」

『我對那些人做了類似催眠的事情，讓他們主動來攻擊主子大人。因為不知道他們人在哪裡，所以讓他們主動出擊就能輕易逮到人了，對吧？』

「說、說的也是。」

自始至終得意洋洋的梓羽，沒有自覺自己做出多麼驚人的事情。

牠很單純地只想要幫上華。

『所以啊，我想他們最近就會來攻擊主子大人。』

催眠敵人來攻擊華，一般來說得罵梓羽一頓才行，但實際看見他們的梓羽，應該是判斷華足以應付吧。

如果不是這樣，梓羽不可能特地做出會讓華遇到危險的事情。

『主子大人，梓羽是不是很棒？』

「嗯嗯，梓羽妳好棒，做得太好了。」

『欸嘿嘿，因為我是主子大人的式神啊。』

得意洋洋的梓羽，在房內四處飛舞。

「妳的式神到底怎麼一回事，也太超規格了吧。」

看著朔抱頭苦惱，華也不知該如何回答。

對術者協會拚了命找也找不到的人洗腦，就連華也被梓羽嚇一大跳啊。

接著，得知在梓羽的作為下，近期會被彼岸骷髏攻擊的華和朔，決定兩人要外出約會。

待在戒備森嚴的一之宮大宅裡，就算彼岸骷髏想攻擊也無從開始。

為了讓人攻擊，就需要自己先行動。

故意只有兩人一起行動，以創造出破綻。

雖是這樣說，協會的術者們都藏身在看不見的地方。

這是為了保護華，但他們完美隱身，連受到保護的華也不清楚他們躲在哪裡。

兩人連續幾天都在人煙稀少的地方四處跑，但敵人遲遲不現身。

一開始因為不知道對方何時會出現，兩人還很緊張，但隨著時間過去，緊張感也越來越淡薄了。

「真的會來嗎？」

因為對方毫無動靜，就連朔也開始懷疑起來。

「你不相信梓羽的力量嗎？雖然這麼說，但真的沒有絲毫要攻擊我的跡象耶。」

在幾乎沒人的公園裡，華坐在長椅上嘆氣。

「算了，我也因公得利，可以享受約會。」

朔突然開始散發性感魅力，華想要拉開距離，朔的手摟住她的腰把她拉近。

「喂，朔，現在在外面！」

「這裡又沒其他人，沒關係吧？」

朔拇指輕輕撫過紅唇，引發華背脊顫慄。

「華？我已經表明我的心意了，妳也差不多該接受我的心意了吧？」

「這種時候你在說什麼啦。」

驚惶失措的華臉頰逐漸染紅。

「妳是我第一個如此想要的人，妳也不討厭我吧？」

「不是不是不是。」

無法直視朔放肆散發性感魅力的雙眼，華轉過頭去，但朔立刻捏住她的下巴，把她轉回來。

無法逃脫。

這張大膽無畏微笑的臉明明教人可恨，卻無法別開視線。

「別閃躲，我想知道妳的心意，妳討厭我嗎？」

「沒、沒那種事……」

華吞吞吐吐回答，而朔不願放過她。

「華，妳不說出口也沒關係，如果不願意就逃開。」

說完後，朔的臉緩緩逼近。

要逃？不逃？

華的腦袋陷入混亂。

不快點做決定，雙唇就要相碰了。

但在朔問「討厭我嗎」後，華……

距離近得兩人的唇即將要碰上，但華也沒有閃開的跡象，朔輕輕微笑繼續縮短最後距離，就在此時——

「我不允許你們繼續下去！」

突如其來的大音量嚇得華身體一顫，回過神時，眼前的朔被撞開了。

「嗚哇！」

朔差點要摔下長椅，但在最後一刻撐住了。

「可惡，就只剩一點點了耶。」

華因為朔不甘心的發言紅了一張臉，轉頭看突然闖入的聲音主人。

「桔梗，還有桐矢，你們為什麼在這？」

大聲阻止的人是桔梗。

桔梗大眼泛著淚光，緊緊抱住華。

「身為參與計畫的一員，我們也在暗處保護你們！」

「你、你們看到了？」

得知剛才的互動全被看得一清二楚，華臉頰瞬間脹紅。

對啊，術者們就隱身在看不見的地方耶。

察覺其他術者們肯定也看見了，華真想挖個洞躲進去。

「能從色狼手上拯救妳真是太好了。」

桔梗不願意放開華，但她喜歡的人是朔才對吧？

感覺她搞錯擔心的對象了。

「妳這傢伙！幹嘛跑來阻撓。」

「你竟然不顧華同學的意願侵犯她，太不誠摯、太骯髒了！」

「夫妻接吻有哪裡不對！話說回來，妳該生氣的對象不是我，而是華吧？」

朔說的沒錯。桔梗喜歡朔，一般來說，生氣的對象應該是要和朔接吻的華才對。

「那請你和我結婚！」

「我拒絕！」

害臊說著不敢跟朔告白的桔梗，彷彿已經把羞恥心丟棄，直接向朔告白。

積極的態度卻遭朔一口回絕。

「好過分！竟然這麼直接，華同學～」

桔梗哀號著再度抱住華。

「妳別黏著華，華是我的。」

朔怒吼著將桔梗從華身上拉開，桔梗激動爭論：

「才不是！華同學是大家的。」

「不對，我是我自己的。」

從和朔口槍舌戰的桔梗身上，已經感受不到任何對朔的愛意。

正當華歪頭不解這到底是怎麼一回事時，桐矢偷偷告訴華：

「在之前的學校，桔梗因為二条院家主候選人的身分被大家敬而遠之，交不到朋友。所以和妳變成朋友讓她很開心，雖然對朔先生還有好感，但妳已經比朔先生還要重要了。」

難得聽桐矢說這麼長一段話，他一臉溫柔地看著桔梗。

「所以，今後還請妳多多關照桔梗。」

面對桐矢不知是第幾次的深深一鞠躬，華只能苦笑。

「嗯，但也要有節制喔。」

❀❀❀

結果最後，桔梗和桐矢也加入變成四人一起行動，原本開心約會的朔，心情急轉直下。

和三不五時砸嘴的朔相反，桔梗相當愉快。

「已經到午餐時間了，我們換地方去吃午餐吧！」

「肚子確實餓了。」

「這附近有二条院經營的餐廳，我們去那裡吧！我保證絕對好吃。」

「嗯……啊，在那之前我想先去洗手間，在這裡等我一下。」

「那我也一起去。」

於是乎，華和桔梗前往稍遠處的公共廁所。

解決完需求走出廁所時，一個可疑集團包圍兩人，彷彿早已守株待兔許久。

華立刻警戒，發現周圍被張設了結界。

這結界和學校在妖魔騷動時張設的結界同種類，拿出手機確認後發現沒有訊號。

接著仔細觀察包圍兩人的人，他們身上別著朔所說的，繪有彼岸花與骷髏模樣的鈕扣。

「你們就是彼岸的爛泥？」

「華同學，是彼岸骷髏。」

「啊，對啦。」

桔梗立刻糾正，因為不管說幾次梓羽還是喊「爛泥爛泥」，害華也被傳染了。

「妳就是一瀨華吧，一之宮家主的夫人，要請妳跟我們走一趟。」

「你是彼岸骷髏最了不起的人？」

「正是！我是首領，要來迎接一之宮的夫人，只讓下面的人來也太失禮了。」

「還真是感謝你的貼心，但要被抓住的人是你們。」

停在華頭髮上的梓羽，翩翩飛到彼岸骷髏的上方。

大概以為只是蝴蝶而不在意，但這是錯誤的判斷。

梓羽每一振翅，都將細細的鱗粉撒在他們頭上，事前已經被梓羽洗腦的人轉了方向，開始攻擊同伴。

「幹嘛，你們怎麼了？」

恐怖份子的首領被這突發狀況嚇得驚惶失措，不知所措地環視周遭。

梓羽接著又再次飛舞後，首領身邊的人眼泛空洞，慢慢動身抓住首領的雙臂扣住他。

「住手！你們在幹嘛！要抓的是那兩個女人！」

首領掙扎著想要掙脫拘束，而面帶聖母般微笑的雅站在首領後方，舉高巨大嗶嗶槌，朝首領頭頂重擊。

「嘎！」

完全無法想像是拿嗶嗶槌打出來的衝擊聲響起，首領當場翻白眼昏倒。

「哇塞，感覺好痛。」

「是他自作自受。」

輕而易舉打倒首領後，桔梗開始搜索他的身體。

接著找出了非常多道具。

「這些該不會是咒具吧？」

「沒錯，看來全部都在這個首領手上。包含之前在學校裡找到的在內，數量一致了。」

「這樣啊，那事件就解決了？」

「是的，這麼輕鬆解決，讓人不禁會想先前到底為什麼那麼辛苦。」

明明解決事件了，桔梗卻面露心情複雜的表情。

「早知道這樣，應該一開始就要請求華同學協助啊……」

「我的勞動力可是很貴的，都順利解決了，就當一切圓滿吧。」

桔梗不僅不感到開心，甚至相當沮喪，華拍拍她的肩膀安慰她。

「那麼，我來打破結界。」

「好的。」

當華想踹破結界時，雅阻止她。

「主子大人，請讓我來。」

雅滿臉微笑，幹勁十足地揮動手上的嗶嗶槌。

華在網購買來的嗶嗶槌上灌注力量後拿給雅，她似乎非常喜歡這個武器。

大概想測試武器的威力。

「那就拜託妳了。」

「遵命。」

雅雀躍回應後，舉起嗶嗶槌朝結界用力一槌。

結界伴隨著玻璃碎裂聲打破。

首領的同伴早已被葵和嵐打得無法戰鬥，全數倒地不起。

取而代之的，好幾個術者從草叢後面跑過來。

「兩位沒事吧？」

「我們來遲了很不好意思！彼岸骷髏的人突然發動攻擊，陷入了混戰狀態，一之宮家主也在對戰中。」

「哦，是這樣啊。」

難怪沒人來救她們。

如果是朔，應該會發現有人張設結界的啊。

狀況嚴峻到他沒辦法來救人嗎？

「桔梗，我去朔那裡。」

「我要優先回收咒具。」

「我知道了，似乎還有其他彼岸骷髏的人，你們要小心喔。」

「好，華同學也請多小心。」

桔梗點頭後，華急忙跑回去找朔。

「葵，你們幫忙支援在周圍作戰的術者們。」

「我知道了。」

在華的指示下，式神們朝四周散去。

華直接回到朔身邊去，但……

「你這傢伙，這點程度還敢來挑釁我，膽子還真大。」

「咿咿咿咿！對不起對不起對不起。」

「請原諒我！」

「你們可知道你們害我有多辛苦，想求饒就去另一個世界求饒吧！」

「呀啊啊啊啊！」

看來不需要幫忙，敵人被朔打得落花流水，正在求饒。

看見朔繼續痛毆早已失去戰意的敵人，華不禁臉頰抽搐。

朔對彼岸骷髏的恨意似乎很深，很可能真的會把人送到另一個世界去。

桐矢在朔背後，用力抓住他的雙手想阻止他。

「朔你在幹嘛啦。」

「華啊，妳那邊結束了？」

「你有時間玩不能先來救我們嗎？算了，在你來之前，梓羽和雅已經秒速解決首領了。」

「我知道會那樣才沒去救妳們，但原來首領在妳們那邊啊？早知道我就過去了，那傢伙現在怎樣？」

「早就交給護衛我的術者了啦。」

「嘖，晚了一步。」

朔砸嘴，要是能趕上，他打算幹嘛啊？

對首領來說，被雅一招打到失去意識，或許是不幸中的大幸。

就這樣，事件輕而易舉解決了。

桐矢也跑去找桔梗，再來就只等著式神們回來了，就在他們鬆懈時……

感知到不遠處爆發一股不祥的力量。

華嚇得看往力量的方向，眼神透露焦急。

「朔，那邊。」

「我們走！」

朔朝不祥力量方向奔跑，華也慌慌張張追上去。

公園裡面的小廣場上，一團黏稠的紫色力量，正一口一口將人吞噬。

「呀啊啊！」

「救命、救命啊！」

邊尖叫邊朝華他們這邊逃跑的彼岸骷髏成員，被那恐怖的力量捕獲吞噬，親眼看見這一幕讓華繃起表情。

「那是什麼。」

「可惡！竟然發動了最棘手的咒具！」

「什麼！但桔梗說咒具全部都在首領手上耶！」

正好在此時接到桔梗來電：

「喂，桔梗嗎？」

『華同學，對不起！我重新數了一次，發現少一個。而且還是最危險的那一個。』

「就在剛剛發動了。」

『糟透了，我們也馬上回去！』

掛斷電話後，四散在公園內的式神們發現異狀聚集而來。

「主子！」

「主子大人，那是什麼？」

「問我我也不清楚，朔。」

華看朔想尋求他說明，只見朔表情嚴肅。

「那咒具會吞噬周圍有力量的人，吸引妖魔前來。吞噬的人越多，就能召來越強大的妖魔。」

「什麼？那什麼不必要的功能啊！」

「別對我說，那是以前二条院的術者做的，看，妖魔聚集而來了。」

華從大量聚集而來的妖魔身上，感覺到強大力量，是她至今遇過的妖魔中最頂級的。

「結！」

朔張設出結界，將散發不祥力量的咒具，以及聚集而來的妖魔一起包圍起來。

「這樣至少能避免咒具的力量外洩，應該不會有更多妖魔過來了。」

「但那個咒具要怎麼辦？喔哇！」

悠哉說話時被聚集而來的妖魔攻擊，華千鈞一髮地閃開。

葵立刻將那妖魔砍成兩半，但這是怎麼一回事，砍成兩半的妖魔竟分別變成獨立的個體？

「怎麼回事？」

「是咒具的影響，咒具不祥的力量賦予了妖魔力量。只要不先解決咒具，就沒完沒了。」

「這也太為難人了吧。」

以前二条院的人為什麼要做出這種咒具啊？

若本人在此，不扁他三拳無法消氣。

「朔，該怎麼辦？」

「不知道！」

朔正大光明直言，華差點摔倒。

「什麼？」

「沒辦法啊，那東西太危險從來沒有發動過，只有製作者本人知道該怎麼應付。」

「你這樣還敢說自己是一之宮家主！」

邊對付襲來的妖魔邊對朔抱怨，華臉上透露出著急。

「到底該怎麼辦啦。」

再這樣下去，朔和自己遲早會力竭。

二条院家的桔梗兩人或許知道些什麼，但他們有沒有辦法趕上呢？

接著，嵐踢飛眼前妖魔後來到華身邊。

『妳應該可以辦到吧？』

「什麼？」

『和救我時的訣竅相同，把被咒具吸收的人和咒具分開，這樣一來，應該能把咒具本身封印在結界內，抑制它發動。』

嵐也不是非常確定，但總比束手無策來得好。

「我知道了，我試試看。」

『交給我來掩護。』

華慢慢走近散發不祥之力的咒具，用強力結界包裹自己後，伸手碰觸那一團力量。

力量糾纏華的身體想吞噬她，但因為有結界保護，她沒有被咒具吞噬。

華照嵐的建議，灌注力量，試圖把被咒具吞噬的人拉出來。

咒具痛苦地胡亂掙扎，更想要把華吞下去了。

下一秒，華身上的結界扭曲了一下。

華嚇了一跳，立刻領悟沒有太多時間，急忙灌注更強大的力量。

謹慎移動力量尋找咒具與人類之間的界線，把力量灌在被吞噬的人與不祥力量之間。

一個人，接著又一個人從咒具中解脫。

根本沒餘力確認動也不動的這些人是否還活著。

冷汗滑過華的臉頰。

和拯救嵐那時不同，比起品質更追求量的氣勢，華灌注力量避免被反推回來。

斜眼看著一個又一個解脫的人，感覺咒具正拚命抗拒。

咒具彷彿垂死掙扎般加倍頑劣抵抗，華朝咒具使出渾身解數，用力一擊。

幾乎同時，最後一個被吞噬的人解脫，華身上的結界也被打破。

突然失去力量，咒具的不祥之力減弱，最後只留下手心大小的銀棒。

即使如此，咒具仍試圖吞噬華，華慌慌張張地用重重結界將其關起來。

四周飄盪的不祥之力也隨之消失，葵大劍一揮，妖魔沒再復原而是直接消失。

「好，可以打倒妖魔了。」

接下來就是式神們的獨秀。

邊看著式神們逐一打倒妖魔，華用力吐一口氣。

「啊～累死我了……」

❀❀❀

把最後一個咒具交給回來的桔梗。

「這是華同學封印起來的嗎？」桔梗十分驚訝，但華已經沒有力氣在意這件事了。

華連走路的力氣也沒有，朔抱著她坐上車，她全身無力地靠在朔身上，看著車窗外流逝的景色。

「朔，我好睏……」

「睡吧，剩下的就交給我。」

「嗯……」

陷入沉睡的華再次醒來時，世界已經過了兩天。

華一醒來，擔心地待在她身邊的葵和雅終於鬆了一口氣。

「主子大人，真是太好了。」

「您完全無法清醒，讓我們擔心得不得了。」

「對不起喔。」

華摸摸葵的頭安撫他，葵雖然很害臊但也任由華輕撫。

「主子大人，雖然您才剛醒過來實在不好意思，但主子大人的手機接到好多次電話。」

「電話？」

接過雅遞出的手機確認後，是來自未登錄號碼的電話。

大概是雙胞胎的直覺，馬上感覺這來自葉月的華，立刻回撥電話。

體力恢復後幾天，華來到原生家庭的一瀨家。

紗江相當開心地出來迎接她。

「華小姐，歡迎妳回來。」

「那兩個人呢？」

「請跟我來。」

華走在有點懷念、但沒有絲毫惆悵的老家主屋裡，來到雙親所在的房間。

因為華沒通知雙親今天會來，他們被突然現身的華嚇一大跳。

「妳來幹嘛，這個不孝女！」

「事到如今，想來道歉也太遲了！反正妳是被一之宮家趕出來了吧，這家裡也沒妳的位置，就算妳說想回來，我們也不會允許的。」

雙親開口第一句不是開心華回家，而是劈頭一頓痛罵，華嗤之以鼻。

「我怎麼可能想回這個家，你們哪來的自信啊？愚蠢。」

看見華打從心底嗤笑的笑容，父親脹紅了臉怒吼：

「妳這是對父母什麼說話態度！」

「明明沒做過任何父母該做的事，你們沒資格說是我父母！」

「什麼！」

回想起來，這可能是華第一次反擊的瞬間。

過去只是靜靜聽訓的華，在他們心中應該是乖巧女孩的形象吧。真的很可笑。

「我來這裡不是回家省親，是為了最後一次問候。」

「最後？」

在華冷淡地低頭俯視一臉詫異的雙親時，葉月也走進房裡來。

「哎呀，葉月，怎麼了嗎？」

「真是的，葉月妳也說說她，要這個不把雙親當雙親看的愚蠢無能女兒，好好認清楚自己的身分。」

「該認清自己身分的應該是爸爸和媽媽。」

「妳說什麼？」

「華現在是一之宮家主夫人，該向服侍的主人低頭的人是誰，只要是分家出生的人，連小孩也清楚這種事情啊。」

或許可說是葉月生平第一次的反抗。

雙親睜大眼睛難以置信的表情太可笑了，華忍笑忍得很痛苦。

「葉月，妳怎麼了，怎麼連妳也說那種奇怪的話。」

「爸爸、媽媽，今天我有話想對兩位說。」

「什麼事？」

葉月鄭重的語氣，讓雙親不禁安靜下來聽她說話，葉月笑著直言：

「我不會和爸爸選擇的對象結婚。」

應該一時之間無法理解葉月說了什麼吧，短暫沉默之後，父親逐漸脹紅臉：

「妳說什麼蠢話，結婚日期都已經決定了！」

果不其然，華原本就想雙親會在兩人見面後立刻讓他們結婚，而他們真的打算這樣做。

以為對雙親的好感已經跌到谷底，沒想到還能繼續往下掉。

「那是你們擅自決定的，我想要和我自己選擇的對象結婚。」

「別說那種任性話！我已經說了，這是為了一瀨家所必要的婚姻，妳只要照我們的話去做就好！」

令人感到失望與心死。

彷彿最後的希望也遭摧毀，葉月的表情相當沮喪。

華很想插嘴但忍耐著，現在不是她出頭的時候。

葉月表情陰沉但眼中有著剛毅的光芒，她堅定不移地定睛注視雙親。

「我至今一直遵從爸媽所說的話，這是為了家裡，為了爸爸，為了媽媽，為了華——我一直是這樣認為。」

「沒錯，妳不是很清楚嗎。」

葉月瞪著表情變得開朗的父親。

「但是，我已經受夠了！」

葉月的大喊響徹房間。

肯定連房外也聽見了，華靜靜聽葉月說話。

「我一直以來拚命扼殺自己，一切努力全都是為了華！因為你們說要把華送出去當養女，所以我欺騙自己得連華的分一起努力，對你們唯命是從。但結果卻是這樣！華離開家裡，而我被逼迫要和幾乎不認識的大叔結婚。」

葉月的氣勢嚇得雙親一句話說不出口，只能瞪大眼睛。

「爸爸和媽媽只想到一瀨家，你們曾經好好把我們當自己的孩子看待嗎？沒有對吧？對你們來說，孩子只是方便利用的道具。你們老是要我為了一瀨家努力，但話說回來，只要你們努力不就得了？別因為你們自己的力量弱小，就把那份自卑感加諸在我們身上。」

父親似乎有話想說，但沒辦法順利把話說出口，嘴巴只能一張一闔。

這是葉月第一次反抗。

他們有責任全盤接收。

「我要離開這個家，已經收好行李了。」

房間外擺著三個大行李箱。

看見行李箱發現葉月是認真的，父親慌張起來。

「我不允許妳自作主張！」

「我不需要得到允許，我雖然還是學生，但已經成年了。而且，我不想待在不願珍惜我的你們身邊。」

葉月雙手各拿過一個行李箱，看著剩下的一個拜託華：

「華，妳可以幫我拿最後一個嗎？」

「嗯，好喔。」

拿過葉月的行李後，雙胞胎用著相似的臉孔朝父母輕輕微笑：

「再見了，臭老頭。」

「再見了，臭老太婆。」

說完後關上房門，她們嘻嘻哈哈笑著急忙衝出家門，避免雙親追上來。

「華小姐、葉月小姐，願兩位幸福。」

紗江柔柔地對兩人笑著揮手，華和葉月坐上一之宮家的車，離開一瀨家。

在一之宮大宅裡，朔等著兩人。

「我是一瀨葉月，今天起還請多多關照！」

「我是一之宮朔，歡迎妳來，把這裡當自己的家自在生活吧。」

「是的！非常感謝您。」

看見葉月燦爛的笑容，華也感到很開心。

彷彿感覺回到了過去的時光。

葉月臉上已經沒有陰沉沮喪的氛圍了。

兩人的手就跟小時候一樣，緊緊握著不分開。

國家圖書館出版品預行編目資料

結界師的一輪華/クレハ作;林于楟譯. -- 一版. --
臺北市:臺灣角川股份有限公司, 2023.11-
冊; 公分
譯自:結界師の一輪華
ISBN 978-626-378-185-6(第2冊:平裝)

861.57　　112015476

輕文學 Light Literature

結界師的一輪華 2

原著名＊結界師の一輪華 2

作　　者＊クレハ
譯　　者＊林于楟

2023 年 11 月 27 日　初版第 1 刷發行

發 行 人＊岩崎剛人
總　　監＊呂慧君
總 編 輯＊蔡佩芬
主　　編＊李維莉
美術設計＊吳乃慧
印　　務＊李明修（主任）、張加恩（主任）、張凱棋

台灣角川

發 行 所＊台灣角川股份有限公司
地　　址＊104 台北市中山區松江路 223 號 3 樓
電　　話＊（02）2515-3000
傳　　真＊（02）2515-0033
網　　址＊www.kadokawa.com.tw
劃撥帳戶＊台灣角川股份有限公司
劃撥帳號＊19487412
法律顧問＊有澤法律事務所
製　　版＊尚騰印刷事業有限公司
I S B N＊978-626-378-185-6